Der Autor war u.A. drei Jahrzehnte Nachrichtenredakteur, darunter sieben Jahre Korrespondent in Rom. 2012 erschien sein Buch „Tango Tenebrista. Ein Schmöker zum dramatischen Helldunkel von Tango Argentino, Sex & Crime"

Timm Maximilian Hirscher

Tango up & down

Roman

Bibliografische Information der Deutschen Nationalbibliothek:
Die Deutsche Nationalbibliothek verzeichnet diese Publikation in der Deut-
schen Nationalbibliografie; detaillierte bibliografische Daten sind im Internet
über http://dnb.d-nb.de abrufbar.

© 2014 Timm Maximilian Hirscher
Titelfoto: Bernd Graf
weitere Mitwirkende: A. + H. Maßler

Herstellung & Verlag:
BoD™ – Books on Demand, Norderstedt
Printed in Germany
ISBN: 9783735737786

In Freiburg gibt es den Tango Argentino Club CORAZON; die Personen des Romans sind frei erfunden.

Worterklärungen zum Tango Argentino

Milonga (1) – Frühform des Tango

Milonga (2) – Tangoveranstaltung

Tanguero/a – Tangotänzer/in

Tanda – Einheit von drei oder vier Musikstücken

Cortina – Pausenmusik zwischen den Tandas

Practica – Übungsstunde mit Tangolehrer

Vals – walzerartiger Tango

Ocho – spanisches Wort für 8, eine Tanzfigur

Boleo – schwunghafte Bewegung des Spielbeins

Mein Dank gilt Frau Professor Dr. Etta Wilken, deren Buch „Menschen mit Down-Syndrom in Familie, Schule und Gesellschaft" ich konsultiert habe und die mir darüber hinaus für diesen Roman wertvolle Hinweise zum Down-Syndrom gegeben hat.

1.

Olga und Kalo

„Bist du so weit?"

Sie lehnte sich an den Türrahmen und blickte auf ihren Mann, der sich gerade die Hose hoch zog.

„Ich glaube, wir sind das einzige Paar, wo die Frau auf den Mann warten muss, bis er ausgehbereit ist. Du lieber Himmel, Kalo,", fuhr Olga Lotke fort und trat zwei Schritte näher, „deine Hose ist ja völlig zerknittert! Für was haben wir denn Marina? Willst du wirklich mit einer ungebügelten Hose zur Milonga?"

„Du hast Recht, Olga, das geht nun wirklich nicht. Da hat doch unser Tangofreund Kevin die schönsten Bügelfalten."

„Dafür tanzt er grottenschlecht."

„Siehst du! Lieber ungebügelt und dafür vielfältigen Tangotanz."

„Musst du immer das letzte Wort haben?"

„Das wäre das erste Mal in unserer Ehe."

„Übrigens hast du dein Hemd falsch geknöpft."

Karl Lotke sah auf sein Bäuchlein, über das sich das Hemd spannte und sagte:

„Du hast wie immer Recht. Nicht jeder ist so präzise wie meine Betriebswirtin."

„Ich dachte, auch Lektoren müssten präzise sein."

„Ja, meine Liebe, aber nur mit dem geschriebenen Wort, nicht notwendigerweise mit Hosen- und Hemdenknöpfen."

Aber da war seine Frau schon an ihn herangetreten und hatte ihm den Hosenlatz zugeknöpft. Wenig später traten sie aus dem Haus, Kalo holte den Wagen aus der Garage, Olga stieg ein, und sie fuhren in die Stadt, wie praktisch jeden Sonntagabend, zum Tango Argentino.

Vor 25 Jahren hatten sie sich bei einer Milonga kennen gelernt. Damals war Kalo noch schlank und hatte volle Haare. Olga war noch immer schlank und hat tolle Haare. Er tanzte damals bereits zwei Jahre, konnte halbwegs führen, während sie Anfängerin war, allerdings mit einem prächtigen Körpergefühl, wie Karl Lotke damals sogleich wahrnahm. Die beiden rankten sich tangomäßig an einander empor, denn durch viel Übung und mit gemeinsam gemachten Workshops und Tangokursen war Olga ihrem Kalo, wie sie ihn dann nannte, bald eine ebenbürtige Partnerin. Sie heirateten. Hätte Olga noch eine kleine Weile gewartet, würde sie bemerkt haben, dass sie ihrem Mann schnell davon tanzte, bald in eine Klasse gehörte, in der er nicht richtig mithalten konnte. Schon bei ihrem ersten Besuch in Buenos Aires, wohin die Hochzeitsreise geführt hatte, stellte sie das fest. Nicht dass er schlecht tanzte, nein, er versuchte, oft erfolgreich, auf die Musik zu hören, ihr zu folgen und der Partnerin Freiraum zu geben. Das war im Vergleich zu vielen anderen Tangotänzern schon viel. Natürlich schritt er nicht wie ein Argentinier, hatte nur ein bescheidenes Figurenrepertoire. Für den Tango-Alltag war das allemal gut genug. Aber wer will schon immer Alltag?

Sie waren damals Mitglied des Freiburger Tangoclubs geworden und engagierten sich dort ehrenamtlich, die Betriebswirtin als Kassenprüferin, ihr Mann als gute Seele des Vereins, der einsprang, wenn Not am Mann war. Auch kümmerte sich Kalo um Gäste, deren Gesicht er zum ersten Mal sah, begrüßte sie, tanzte mit denjenigen Frauen, die selten zum Tanzen aufgefordert wurden, weil man, weil „Mann" nicht wusste, ob sie blutige Anfängerinnen waren oder nicht. Als hätten die Herren der Schöpfung in ihrer Tanzvergangenheit als Meister angefangen und nicht vielmehr einige Tangueras, wenn auch nicht alle, großzügig Geduld gehabt hatten. Olga ließ sich zuzeiten herab, auch einem Anfänger eine Tanda zuzubilligen. Von ihrem Mann darauf angesprochen, warum sie das nicht öfter mache, meinte sie nur, ihre masochistische Seite sei nicht so entwickelt wie die seine – beim Tanzen. Er sollte das nach über zwei Jahrzehnten Leibesbeziehung zwischen ihnen eigentlich begriffen haben. Leibesbeziehung, sagte sie.

Ja, das sollte er eigentlich. Aber manchmal war Kalo einfach schwer von Begriff, oder vielmehr vergaß er über den lieben langen Tag die darauf folgende lange Nacht, in der Olga ihn so lange reizte, bis er entgegen seiner etwas betulichen Art seine Frau wie verlangt kratzte, biss und schlug im Liebesspiel. Nicht, dass er dabei moralische Bedenken gehabt hätte, denn wenn erst das sie richtig befriedigte, war es ja in Ordnung, aber er selbst war eigentlich mehr für Zärtlichkeit, und er schüttelte immer wieder den Kopf über sich selbst, wenn er im Spiegel seinen Körper mit den von ihr frisch geschlagenen Wunden sah. Denn auch Olga kratzte, biss und schlug. Sie genoss es, er erlitt es, aber was tut man nicht alles der ehelichen Eintracht wegen.

Dabei war ihm schon früh klar geworden, dass sich Olga nicht mit seinen Liebeskünsten begnügen werde. Als aufgeklärte Akademiker sicherten sich die beiden alle Freiheiten zu – die *sie* brauchte. Er begnügte sich dagegen mit erträumten Seitensprüngen, doch das war ja *seine* Sache, wie sie meinte. Anfangs hatte sie Freundinnen mit ihm verkuppeln wollen, vielleicht einfach deswegen, um keine Gewissensbisse haben zu müssen, die sie letztlich aber doch nie hatte. Ihm dagegen schien das bisschen Körpernähe zu genügen, das ihm seine Tangopartnerinnen während des Tanzes boten.

2.

Milonga und Folgen

Beim Betreten des Tanzlokals wurde das Ehepaar mit den üblichen Wangenküssen begrüßt. Die Practica war vorüber und DJane Alexandra spielte gerade die erste Tanda. Olga und Kalo zogen ihre Tanzschuhe an und tanzten die ersten Tangos zusammen. Das war ihr traditioneller Milongastart. Dann mischten sich die beiden unter die anderen Tänzer und Tänzerinnen. Im Laufe des Abends trafen sie sich zu einer Vals- und zu einer Milongatanda. Und gingen die zwei am Ende des Abends zusammen wieder nach Hause, was nicht immer der Fall war, dann tanzten sie die letzte Tanda wieder mit einander, wobei Olga gewöhnlich ihrem Mann in die Lippe oder ein Ohr biss beim Verlassen der Tanzfläche, sozusagen als Vorgeschmack für die Bettfläche.

An diesem Abend ging Olga nach der mit Kalo getanzten Eingangstanda zielstrebig auf Freddy zu, einer der Vereinstanzlehrer, der die Practica geleitet hatte, bevor dieser sich auf den Heimweg machte. Doch da trat ihr Freddys Partnerin Maja in den Weg, begrüßte und küsste sie und stellte ihr einen Mann vor, einen Gast aus Buenos Aires auf der Durchreise, auf dem Sprung nach Berlin, Hector. Er sei ein toller Tangolehrer, und ob nicht sie, Olga, als halbes Mitglied des Tangverein-Vorstands darauf hin wirke, dass er auch einmal hier im Club Workshops veranstalten könne. Leider hätten sie jetzt nicht viel Zeit, weil Hector in einer Stunde den Nachtzug nehme. Olga radebrechte Spanisch, was sie eben bei drei Aufenthalten in Buenos Aires und einigen Sprachstudien davon gelernt hatte. Hector blickte ihr in die Augen, verbeugte sich leicht und tanzte mit ihr zwei Tangos. Sie genoss das mit geschlossenen Augen, atmete tief, drückte ihn fester an sich. Sie wurden von Freddy und Maja praktisch auseinandergerissen, denn die Zeit drängte, der Zug würde nicht warten, vielleicht klappte es ja demnächst einmal mit einem Workshop.

Olga setzte sich an die Bar. Auf dem Weg dorthin hatte sie einige Tangueros auf ein „später am Abend" vertröstet. Sie ließ sich ein Glas Wein einschenken, schaute um sich und auf die Tanzfläche. Mit diesem Argentinier war eigentlich der Abend schon gelaufen, dachte sie, als sie die anwesenden Tänzer musterte. Da tanzte auch ihr Mann. Sie würde sich wohl diesmal an ihn halten müssen, damit der qualitative Absturz nach Hector nicht zu groß sei.

Kalo war in seinem Element. Ganz neue Gesichter hatte er zwar nicht unter den Anwesenden entdeckt, aber doch seltenere Gäste. Eine Margerita beklagte sich, dass sie lange überlegt habe, ob sie wieder komme oder nicht, denn bei der letzten Milonga sei sie hier im Club mehr gesessen als sie getanzt habe. Sie wisse ja, dass sie Anfängerin sei, aber...

„Wir hier sind doch alle Anfänger", unterbrach sie Kalo tröstend. „Die einen sind seit drei Wochen Anfänger, die anderen seit drei Jahren. Ich tanze jetzt mit dir. Und wann immer du in den Club kommst, komm auf mich zu, wenn du tanzen willst!"

So tanzten sie ein paar Tandas, dann kamen andere an die Reihe. Wenn Olga ab und zu dazwischen trat und ihre Tandas einforderte, genoss er es dann, sich auf die Musik konzentrieren zu können und darauf, dass seine Tanzpartnerin allen Raum und alle Zeit für die Ausführung ihrer Boleos und andere Figuren und Verzierungen erhielt. Olga beanspruchte Kalo an diesem Abend öfters als gewöhnlich.

Als sie später nach Hause fuhren, Kalo, der bei Mineralwasser geblieben war, saß am Steuer, schloss seine Ehefrau die Augen, döste etwas vor sich hin und träumte schon von dem Kommenden. Dabei wurde ihr Mann Opfer eines Ehebruchs, denn Olga sah bei geschlossenen Augen einen ganz anderen über und unter sich.

Olga duschte kurz, Kalo ließ die Badewanne voll laufen. Während er lange in dem japanisch heißen Wasser lag, öffnete seine Frau im Schlafzimmer eine mit Tapete beklebte Tür, die in ihr Kabinett führte, ein kleine fensterlose Kammer. Da hingen und lagen ihre Schätze aus Leder und Lack, Straps-Bustiers und

Straps-Korsagen, Catsuits, auch mit offenem Bereich, Strings und Hipsters, Peitsche, Ketten und Handschellen, Dildos und Vibratoren, Penisring und Brustwarzenklemme, Libido-Creme und Intimgel mit Erdbeergeschmack.

Endlich trat Kalo ins Schlafzimmer, vom heißen Bad gesotten, zur Schlacht bereit, vielmehr bereit, geschlachtet zu werden. Olga lag gerüstet auf dem Bett und schnalzte mit der Peitsche.

3.

Eva

An einem Sonntagabend kam Kalo allein zur Tanzclub-Milonga. Er hatte seine Frau am späten Nachmittag zum Flughafen Basel-Mulhouse gebracht, von wo sie nach Berlin flog und dort in einem Hotel übernachtete, weil sie am nächsten Vormittag in der Stadt ein Geschäftsgespräch führen musste. Im Club begrüßte Kalo das den Helferdienst an der Kasse ausrichtende Paar, zog sich die Tanz-schuhe an, ließ seinen Blick über die Tanzflä-che schweifen, ging zur Bar, bestellte sich eine Flasche Mineralwasser und plauderte mit der Barfrau. Ein Clubmitglied stellte sich grinsend neben ihn und sagte kichernd:

„He, Kalo, haben wir jetzt auch Mongos im Verein?"

„Schon immer, Friedrich, schon immer."

Sein Gegenüber stutzte für einen Augenblick, beschloss, das als Witz aufzufassen, stieß Kalo an und nickte Richtung einer Ecke des Tanzsaals. Dort saß allein an einem Tischchen eine blonde Frau.

„Ich meine die Kleine da drüben. Das ist wirklich eine Mongoloidone, Kalo."

„Abgesehen davon, dass es so nicht hieße: Du meinst wohl eine Person mit Down-Syndrom?"

„Kalo, du verstehst einfach keinen Spaß."

„Was ist an einer Behinderung spaßig?"

„Schon gut, schon gut. Du kannst ja mit ihr tanzen, wenn du das auf dich nehmen willst. Der gute Geist des Tangoclubs...", sagte Friedrich, nickte einer wohl seiner Meinung nach nicht behinderten Tänzerin zu und machte sich mit ihr zur Tanzfläche auf.

Kalo seufzte und bat die Barfrau um ein zweites Glas. Die beiden Gläser in der einen Hand, die Mineralwasserflasche in der anderen ging er zu dem Tischchen in der Ecke. Ihm fiel auf, dass die Unbekannte die beiden Hände im Nacken verschränkt hielt, was dazu führte, dass ihr kleiner Busen sich vor reckte. Friedrich schien Recht zu haben. Die Frau, Kalo schätzte sie auf etwa 20 Jahre, zeigte einige Merkmale, die er als Laie mit dem Down-Syndrom in Verbindung brachte: Sie war klein, hatte ein rundes Gesicht, eine Stupsnase und mandelförmige Augen. Was für ein hübscher Engel, dachte er und sagte zu ihr, die fragend zu ihm aufblickte und dabei weiter die Hände in ihrem Nacken verschränkt hielt:

„Hallo, ich bin Kalo vom Tangoclub. Du bist zum ersten Mal hier? Darf ich mich zu dir setzen?"

Sie nickte, schaute ihn neugierig an und sagte dann:

„Ich bin die Eva."

Er setzte sich neben sie, füllte Wasser in ein Glas und fragte:

„Willst du auch ein Glas Mineralwasser?"

Eva nickte und schaute ihn an. Er schob ihr das gefüllte Glas zu, füllte das zweite Glas, und beide tranken einen Schluck Wasser.

„Du bist zum ersten Mal hier, nicht wahr, Eva?", wiederholte er.

Eva nickte und schaute ihn an. Er sah, dass sie Tanzschuhe trug, allerdings flache, keine schicken Tangoschuhe mit hohen Absätzen.

„Du tanzt Tango, ja?"

Eva nickte und schaute ihn an.

„Ich würde gerne mit dir tanzen, Eva. Warten wir, bis die Milongamusik vorbei ist und eine Tango-Tanda kommt. Wenn man zum ersten Mal zusammen tanzt, sollte es meiner Meinung nach ein Tango sein, keine Milonga und kein Vals. Es ist eh ein Abenteuer, zum ersten Mal mit jemandem zusammen zu tanzen. Jeder, jede tanzt ja anders, reagiert anders, bewegt sich anders...“

Eva nickte und schaute ihn an. Kalo schwatzte, und Eva nickte und schaute ihn an. Ist sie nun nur schüchtern, dachte er, oder...? Aber er zwang sich, nicht weiter zu denken. Er wollte nicht unfair sein.

Sie schien ein nettes Mädchen zu sein, und vielleicht konnte sie ja sogar tanzen. Die Milongamusik war vorüber, die Cortina folgte und dann erklang Tangomusik.

Kalo nickte Eva zu, sie nahm ihre Brille ab und legte sie auf das Tischchen. Er war mehr als eineinhalb Kopf größer als sie, dabei war er selbst kein Riese. Und dann tanzten sie. Da er nicht wusste, ob sie tanzen konnte oder nicht, denn schon manchmal hatte er erlebt, dass es sich bei neuen Gästen um absolute Anfängerinnen handelte, ging er sozusagen programmgemäß vor: Er verlagerte mehrmals das Gewicht von einem Bein auf das andere und drehte dann Eva ein wenig in ihrer Achse. Sie machte mit, hatte die Augen geschlossen und sich an ihn gelehnt. Er machte die ersten Vorwärtsschritte, zuerst gleichmäßig, dann mal kleinere und größere, schnellere und langsamere. Und Kalo stellte überrascht fest, dass ihre Tangoschritte perfekt waren. Er gestand sich im Stillen ein, dass er es nicht erwartet hatte, bei so einer... Er bat insgeheim um Entschuldigung. Beim zweiten Tango erweiterte er das Repertoire, machte Seitenschritte, lud sie zu Ochos vorwärts und rückwärts ein. Eva konnte Tango tanzen! Bei den zwei nächsten Tangos zeigte Eva wunderschöne Boleos, wobei Kalo schien, dass seine Partnerin nichts gewollt machte und ihre Beine völlig entspannt der Schwerkraft überließ.

Als die Tanda mit den vier Tangos zu Ende war, führte Kalo Eva zu ihrem Tischchen zurück, sie setzten sich, tranken einen Schluck Wasser. Eva lächelte und schaute ihn an, Kalo lächelte, schaute ihr in die Augen und sagte:

„Eva, du tanzt phantastisch!"

„Du, Kalo, du tanzt auch gut."

Er war etwas verblüfft über ihre Worte. Das hatte sie offenbar ganz naiv gesagt, ohne einen Hauch von Ironie.

„Na ja, nach so vielen Jahren Tango, muss selbst an mir ein wenig hängen geblieben sein. Aber ein Mädchen wie du, ich meine, eine junge Frau wie du...", stotterte er, brach verlegen ab, wollte er doch nichts Falsches sagen, fühlte sich unsicher. Doch Eva lächelte ihn nur an und meinte:

„Ich hab' schon als Kind getanzt, weil meine Eltern waren Tangotänzer. Ich hab' von Klein auf mitgemacht. Ich tanzte mal mit meinem Papa, ich tanzte mal mit meiner Mama. Das war schön, schön war das. Ich habe später auch Jazztanz gemacht, weil ich habe das gern gemacht, das Tanzen, das Bewegen. Und ich kann es auch."

Der letzte Satz klang in Kalos Ohren trotzig. Sicherlich hatte sie erlebt, dass viele Menschen ihr das nicht zutrauten, der Kleinen mit dem Down-Syndrom, so wie ja auch er skeptisch gewesen war. Er wusste nicht recht weiter, war froh, dass jetzt eine Vals-Tanda anstand, zu der er Eva aufforderte. Und später tanzten sie nach verschiedenen Tangos auch noch Milongas zusammen.

„Wenn du Lust hast, Eva," sagte er dann, „können wir später ja noch einmal mit einander Tango tanzen. Jetzt muss ich noch ein paar Pflichttänze absolvieren. Ein paar Tangueras haben mich schon ganz scheel angesehen, weil ich nur mit dir getanzt habe. Übrigens solltest du dich nicht in diese hintere Ecke setzen. Sitz lieber nach vorn, am besten in die Nähe des DJs! Da kommen die Tänzer leichter auf dich zu. Bis später."

„Danke, Kalo. Ich tanze gern mit dir."

Als er über die Tanzfläche zur Toilette ging, um sich etwas frisch zu machen, denn er war ins Schwitzen gekommen, sah er, dass sich gleich zwei Männer auf den Weg zu Eva machten. Als Kalo zurückkehrte und an der Bar vorbei kam, stand da Friedrich, grinste und sagte:

„Erstaunlich, erstaunlich. Die kleine Mongo kann ja tanzen."

„Friedrich, du bist und bleibst ein Arschloch."

Aber was soll 's, dachte Kalo. Dem Kerl ist nicht zu helfen. Er tanzte mit einigen Frauen, die er an diesem Abend wegen Eva vernachlässigt hatte. Der blonde Gast wurde jetzt ständig aufgefordert. Die bisher zurückhaltenden Männer hatten gesehen, dass die Neue tanzen konnte. Und jeder wollte mal mit einer...

Gegen 23 Uhr beabsichtigte Kalo wieder mit Eva zu tanzen, doch sagte sie, dass sie jetzt nach Hause fahre, denn morgen müsse sie früh raus zur Arbeit. Er stand neben ihr, als sie ihre Straßenschuhe anzog, half ihr in den Mantel und sagte, es wäre schön, wenn sie nächste Woche wieder in den Club komme. Er würde gerne wieder mit ihr tanzen. Sie schaute ihn an, lächelte und sagte:

„Danke für den Abend. Ich...ich...komme wieder, weil ich tanze gerne mit dir."

4.

„Nein, ich will nicht!"

Eva fuhr mit dem Fahrrad nach Hause. Als sie die Wohnungstür öffnete, kam ihr, wie sie das schon erwartet hatte, Oskar, der Betreuer der Wohngemeinschaft, im Flur entgegen.

„Hallo, Eva, wo treibst du dich noch so spät herum? Ich war schon in Sorge", sagte er und wollte sie in die Arme nehmen. Sie wich ihm aus und erwiderte, während sie sich den Mantel auszog und ihn an die Garderobe hängte:

„Oskar, lass das! Sorg dich um die anderen! Ich kann für mich selbst sorgen."

„Deshalb bist du hier in der WG, was?"

„Wenn du so weiter machst, ich ziehe dann aus."

„Wenn du hier wohnst, Eva, fühle ich mich eben auch für dich verantwortlich, so wie für die anderen. Du weißt, dass ich dich mag. Mehr als die anderen", sagte Oskar und versuchte sie wieder in die Arme zu nehmen.

„Nein, ich will nicht! Ich sage es sonst Kalo. Lass mich in Ruhe!"

„Kalo? Was ist denn das auf einmal? Ein Polizeihund?"

„Kalo ist mein Tangopartner."

Oskar schaute sie verblüfft an, dann grinste er und meinte:

„Das träumst du wohl, Eva. Hat wirklich jemand mit dir getanzt heute Abend? Na, gratuliere. Dann zeig mir mal, wie du tanzen kannst!"

„Du kannst doch gar nicht Tango Argentino tanzen."

„Ich kann dich in die Arme nehmen, und du kannst es mir zeigen."

„Nein, ich will nicht!"

Und diesmal sagte es Eva so entschieden, dass Oskar, der schon seine Hände auf ihre Oberarme gelegt hatte, einen Schritt zurück trat.

„Na, na, zier dich nicht so! Du kannst mir ja das Tangotanzen beibringen. Nein? Wie wär' es dann mit einem Tangokurs für die ganze WG? Tim ist sicher dabei, du weißt ja, der steht auf dich, und die anderen machen sicher gern mit. So wie ich. Was meinst du, Eva?"

Die meinte gar nichts, sondern ging mit einem kurzen „gute Nacht" in ihr Zimmer und schloss hinter sich ab. Sie sah, wie die Türklinke nieder gedrückt wurde, hörte ein Klopfen an der Tür und wie Oskar sagte:

„Eva, was bist du denn so störrisch? Ich weiß, dass du es ja eigentlich auch willst."

„Ich will nicht! Ich will nicht! Ich will nicht!"

Da hörte sie von draußen eine schlaftrunkene Stimme, es war die Marias, die fragte, was es gebe. Oskar sagte, sie solle wieder ins Bett gehen, und dann ging er offenbar nach Hause, denn Eva hörte, wie die Haustür ins Schloss fiel. Darauf wurde leise an die Zimmertür geklopft und Maria fragte, ob sie herein kommen dürfe, sie sei aufgewacht und könne jetzt nicht einschlafen. Eva öffnete die Tür, gab ihrer Freundin einen Kuss, sagte, sie solle sich ins Bett legen. Dann zog sie sich aus und ihren Pyjama an, legte sich neben Maria, die beiden kuschelten aneinander und Eva erzählte, dass sie jetzt einen Freund habe, der tanze Tango, der arbeite in einem Verlag, wo sie Bücher machen und so, und er habe sogar studiert, an der Universität. Und irgendwann schlief auch Eva ein, nachdem ihre Freundin schon lange vorher eingenickt war.

5.

Tanguera down

Als das Ehepaar Lotke eine Woche später wieder zur Club-Milonga fuhr, sagte Olga:

„Jetzt bin ich mal gespannt auf deinen Trisomie 21-Fall, von dem du ständig erzählst."

„So, wie du das betonst, kannst du gleich 'Mongo' sagen."

„Ich weiß, der Herr Gemahl ist für politisch Korrektes. Aber das ändert doch nichts an der Tatsache: Die Kleine ist behindert, hat das Down-Syndrom. Oder?"

„Ich habe dir doch erklärt", sagte Kalo verärgert, „dass Eva..."

„Und dann heißt sie auch noch 'Eva', wie das Urweib!"

„Olga, du bist manchmal unmöglich."

„Ich bin immer unmöglich. Leider bist du ständig nur möglich!"

„Was für ein schöner Kalauer."

„Die Kleine..."

„Sie hat einen Namen: Eva."

„Ich weiß, ich weiß. Aber du hast doch x-mal erzählt, dass sie dir nicht einmal bis unter das Kinn reicht. Aber es muss für dich eine Erholung sein, nachdem du mit mir höchstens auf Augenhöhe tanzen kannst. Endlich jemand, der zu dir aufschaut!"

„Olga, manchmal..."

„Manchmal könnte der liebe Kalo mich erwürgen. Aber das wirst du nie können. Du bist einfach zu brav dazu. Es braucht schon genügend Anstrengungen meinerseits, dass du mir gelegentlich im Bett zusetzt."

Kalo sagte nichts mehr, konzentrierte sich auf das Fahren, sagte dann aber irgendwann zu der vor sich hin grinsenden Olga:

„Ich weiß gar nicht, ob Eva heute Abend überhaupt kommt."

„Wie? Du hast dir nicht einmal ihre Telefonnummer geben lassen, um dich mit ihr zu verabreden? Oder kann sie gar nicht allein telefonieren? Tanzen ist vielleicht einfacher."

Kalo hielt es für unter seinem Niveau, sich weiter mit der Zynikerin an seiner Seite aus einander zu setzen. Dabei wusste er, dass es Olga nur Spaß machte, ihn zu reizen. Seine Tanzpartnerinnen waren ihr bisher immer gleichgültig gewesen. In der Vergangenheit hatte sie ja sogar versucht, ihn mit Tangueras zu verkuppeln. Auf Eva würde sie keinesfalls eifersüchtig sein. Doch überlegte er nicht weiter, denn sie waren am Zielort angekommen, und er war neugierig, ob Eva wirklich wieder erscheinen würde.

Sie war da. Sie saß an der Bar, hatte eine Flasche Mineralwasser und zwei Gläser vor sich stehen. Noch im Mantel ging er zu ihr und begrüßte sie mit Wangenküsschen. Strahlend sah Eva ihn an und sagte, auf die Flasche und die Gläser vor ihr deutend:

„Heute, ich lade dich ein."

„Willst du uns nicht vorstellen, Kalo?", sagte die heran getretene Olga. „Du musst Eva sein. Kalo hat mir viel von dir erzählt?"

„Hallo. Wer bist du?"

„Ich bin Olga, nur seine Frau."

„Du bist Kalos Frau?"

„Ah, hat der Schlingel nicht erzählt, dass er verheiratet ist. Diese Männer! Aber keine Angst Kleines, du kannst ihn trotzdem ausleihen. Allerdings gehört die erste Tanda traditionsgemäß uns beiden, ich meine dem Ehepaar Lotke. Komm, Kalo, lass uns die Tanzschuhe anziehen! Bis später, Eva."

„Nett, die Kleine, etwas pummelig, aber nett, eine kleine Marilyn Monroe, herab be...herabgemindert, der Busen fehlt ziemlich, aber nett. Du hast einen guten Geschmack, mein Lieber", sagte Olga zu ihrem Mann, während sie die Schuhe wechselte.

„Rührend, deine Anteilnahme."

„Ich will nur das Beste für dich, mein Lieber. Wie du doch für mich auch. Komm lass uns tanzen! Die Kleine wartet schon sehnsüchtig auf ihren Tanguero."

Nach der Tanda ging Kalo zur Bar, an der noch immer Eva saß. Sie schaute ihn streng an und sagte:

„Kalo, du hast mir nicht gesagt, du bist verheiratet."

„Nein, Eva. Das hatte ich nicht. Wir hatten doch nur getanzt."

„Sie ist schön, deine Frau."

„Das sagt sie auch von dir."

„Ja? Das glaub' ich nicht."

„Doch, du bist schön."

„Aber sie hat es nicht gesagt", meinte Eva, runzelte etwas die Stirn, schaute ihn mit halb geöffnetem Mund an und fuhr fort:

„Ich dachte, du bist mein Tangopartner."

„Das bin ich, Eva, das bin ich. Kann ich einen Schluck Wasser bekommen?"

Sie schenkte ihm ein und sah zu, wie er sehr langsam das Glas leerte, es absetzte, sich mit einem Taschentuch die Stirn abtupfte und sich schließlich zu ihr beugte.

„Lass uns tanzen, Eva!"

„Und deine Frau?"

„Sie tanzt mit anderen Männern."

„Gut. Ich tanze mit dir. Du bist mein Tangopartner."

Kalo tanzte mehrere Tandas mit Eva, um dann mit ihr zur Bar zurück zu gehen. Olga trat zu ihnen, bestellte sich ein zweites Glas Wein und sagte zu Eva:

„Du tanzt gut, Eva. Gratuliere! Aber du hast in Kalo auch einen guten Tanzpartner. Es gibt schlechtere hier, wie ich gerade wieder erfahren musste. Ich bin einfach zu gutmütig, ich müsste mehr Körbe verteilen. Ah, der Wein ist gut. Praktisch, wenn man einen Ehemann hat, der Wasser trinkt und einen dann nach Hause fährt. Wenn du willst, Eva, bringen wir dich nachher gern nach Hause. Du wohnst doch in der Stadt, oder? Ah, mit dem Fahrrad bist du da. Na, auch recht. So, jetzt muss ich deinen Tanzpartner für eine Milonga entführen. Die stampft er wirklich gut in den

Boden. Keine Angst! Ich bringe dir Kalo heil zurück. Auf der Tanzfläche habe ich ihm noch nie etwas angetan. Übrigens, das da ist Pierre, ein Franzose, er tanzt formidabel. Pierre, das ist Eva. Tanz mal mit ihr! Sie tanzt wirklich nett. Komm, Kalo. Jetzt sind wir beide wieder dran. Bis nachher. Dann darfst du mit mir tanzen, Pierre."

Olga führte ihren Mann zur Tanzfläche, doch da der DJ eine Belüftungspause ausrief, half Kalo, die Fenster zu öffnen. Als er wieder bei Olga war, meinte diese:

„Die kleine Eva. Der gute Kalo macht wieder einmal Samariterdienste."

„Wenn du genau hingeschaut hättest, was du ja gewöhnlich immer machst, hättest du bemerkt, dass Eva wunderbar tanzt."

„Ja, als hätte sie nie ihre Unschuld verloren. Vermutlich hat sie das ja auch nicht. Unsereiner muss dagegen um die ganze Welt tanzen, damit es den Anschein bekommt, als könnten wir wieder in aller Unschuld das Bein schwingen. Ich hoffe, dass du noch fähig bist, mit einer zu tanzen, die schon längst ihre Unschuld verloren hat. Du hast mich an diesem Abend sträflich vernachlässigt. Auch ist es unfair, den anderen Tangueros deine Kleine vorzuenthalten."

Kalo ärgerte sich über die spitzen Äußerungen seiner Frau, doch da der DJ wieder auflegte, schluckte er nur ein paar Mal und konzentrierte sich auf die Musik und den Tango. Denn er wusste, dass ihm Olga nur eines nie verzeihen würde: wenn er unkonzentriert beim Tanzen wäre. Unaufmerksames Tanzen ließ sie sich von niemandem bieten, hatte schon manchen Tanguero auf der Tanzfläche stehen lassen. Sie tanzte dann lieber mit einem engagierten Anfänger, denn aus dem könnte ja mal ein Meister werden. Und in einem stimmte sie mit Kalo überein: Während des Tanzens Kaugummi kauende Tangueras und Tangueros waren einfach unappetitlich. Und schwatzende ein Gräuel. Nach zwei Tandas entließ Olga ihren Mann mit dem ironischen Auftrag, sich um „unsere Kleine" zu kümmern:

„Du musst gut auf sie aufpassen, auf Eva! Es gibt eine ganze Reihe böser Buben in unserem Verein und unter unseren Gästen."

„Und böse Mädchen."

„Da hast du auch wieder Recht, Kalo. Vielleicht sollte ich einmal mit ihr tanzen. Sie ist ja so fügsam und lässt sich sicher leicht führen. Oder ist sie doch eine richtige Frau?"

Um Mitternacht, das Ehepaar hatte die letzte Tanda mit einander getanzt, fuhren sie nach Hause. Eva hatte sich eine Stunde zuvor auf ihr Fahrrad gesetzt, nachdem sie Kalo Abschiedsküsse auf die Wangen gegeben und sich mit ihm für einen Übungstanzabend verabredet hatte. Olga räkelte sich im Beifahrersitz und legte eine Hand auf den rechten Oberschenkel ihres Mannes.

„Wirklich nett, deine Kleine. Trüge sie argentinische Stöckelschuhe, wäre sie nicht ganz so klein und sähe eleganter aus. Aber gute Tänzerinnen finden immer ihren Tanzpartner, ob nun up oder down. Und Eva tanzt nicht schlecht für eine... Pierre meinte das auch, ich meine, dass sie gut tanzt. Offenbar ist er aber bei ihr abgeblitzt. Ich schätze sie eher für monogam veranlagt ein. Sieh dich vor, Kalo! Ich habe den Eindruck, dass du nicht bei ihr abblitzen würdest. Die kleine Unschuld vom Lande! Das zärtliche kleine Lamm! Aber ich gönne sie dir, Kalo."

„Olga, was soll der Schwachsinn? Eva könnte meine Tochter sein, sie rührt mein Herz und wenn du weiter so stichelst, adoptiere ich sie noch."

Seine Frau lachte auf, und ihre Hand fuhr den Schenkel ihres Mannes höher. Es schien, als ob ihr der Gedanke an das unschuldige Tete-a-Tete des Tanzpaares Kalo und Eva einen Kick gegeben hätte.

6.

Wohngemeinschaft

Eva hatte Kalo in die Wohngemeinschaft eingeladen. Sie wollte mit ihm den Mitbewohnern einen Tango Argentino vortanzen, sagte sie. Vor allem aber wollte sie ihren Mitbewohnern ihren Freund vorführen, was sie nicht sagte. Kalo hatte ein paar Tango-CDs mitgenommen, einen CD-Player würde es ja wohl geben. Danach zu fragen, hatte er vergessen. Er hatte lange überlegt, was er als kleines Geschenk mitbringen könnte. Blumen für Eva schien ihm dann doch etwas voreilig, eine Flasche Wein vielleicht nicht so angebracht, so dass er am Ende eine Schachtel Pralinen kaufte. Davon könnte Eva dann auch den Mitbewohnern anbieten.

Er klingelte, die Haustür wurde aufgerissen, Eva stand strahlend vor ihm und drückte ihm zwei dicke Küsse auf die Wangen. Dann nahm sie ihn an der Hand und führte ihn in den Flur, wo die Mitbewohnerinnen und Mitbewohner erwartungsvoll aufgereiht standen.

„Das ist mein Freund Kalo", sagte Eva stolz und stellte die WG mit Tim, Marc, Maria, Erich, Eddi und Ursula vor. „Und das ist Oskar, der betreut die alle."

Kalo, zum ersten Mal in seinem Leben von so vielen behinderten Menschen umgeben, schüttelte freundlich und befangen die Hände, die ihm mit strahlenden Gesichtern entgegengestreckt wurden. Etwas distanzierter tauschte er mit dem Betreuer einen Händedruck aus, hatte sich ihm gegenüber Eva doch über Oskar beklagt. Der Gast legte ab, überreichte im gemeinsamen Aufenthaltsraum die Schachtel Pralinen an Eva und nahm ein halbes Dutzend CDs aus einer Plastiktüte heraus. Eva lachte und sagte:

„Ich habe doch viele Tango-CDs. Ich habe die alle von meinen Eltern geerbt. Ich habe sie da neben den CD-Player gelegt", und dabei deutete sie auf einen offenbar zuvor an die Zimmerwand gerückten Tisch. Sie machte drei Schritte dorthin, drückte auf eine Taste und reichte Kalo eine CD-Hülle: „20 Best of Tango Argentino", gespielt von Enrique Ugarte. Dessen Akkordeon erklang.

Eva stellte sich erwartungsvoll vor Kalo. Der probierte kurz aus, ob seine Straßenschuhe für den Linoleumbelag richtig seien, nahm dann seine Tänzerin in den Arm und begann mit ihr zu tanzen. Mit einem Auge nahm er wahr, dass die Mitbewohner sich auf die Stühle gesetzt hatten, die an den Raumwänden standen, und gebannt mit offenem Mund zuschauten. Nur Oskar stand etwas abweisend an der Tür gelehnt. Als der erste Tango zu Ende getanzt war, klatschten Evas Mitbewohnerinnen und Mitbewohner begeistert Beifall. Nach zwei weiteren Tangos gab es eine Pause. Der Tisch wurde wieder in die Mitte und die Stühle um ihn gestellt. Früchtetee wurde von Oskar serviert, die Pralinenschachtel geöffnet. Alle hatten sich an den Tisch gesetzt, die Mitbewohner zwitscherten begeistert über die Tangoeinlage, dass man das auch lernen wolle, Oskar und Kalo machten etwas Smalltalk, während Eva nur selig lächelte und die Hand des neben ihr sitzenden Tanzpartners hielt.

Später tanzten die beiden nochmals vor, dann machte das Tanzpaar den Interessierten vor, wie man beim Tango schreitet, wobei Kalo sofort bemerkte, dass die meisten Bewohner ziemlich breitbeinig ihre Schritte machten, nicht schnürten, wie er das vormachte. Nur Eva, von Kindheit trainiert, schritt tangomäßig. Dann sagte Oskar, es sei Zeit zu Bett zu gehen. Eva flüsterte Kalo zu, dass die Mitbewohner alle in Werkstätten für Behinderte arbeiteten und morgens früh raus müssten.

„Ich nicht. Ich habe eine richtige Arbeit bei der Stadt, in einem Büro. Komm, ich zeige dir mein Zimmer!"

Sie führte Kalo in ihr Zimmer, warf dem finster blickenden Oskar einen schnippischen Blick zu, schloss hinter sich die Tür sagte:

„Das ist mein Zimmer. Ich will aber vielleicht irgendwann eine eigene Wohnung. Die anderen sind nett. Ich helfe ihnen. Die brauchen Hilfe. Ich nicht. Ich kann tanzen. Nur Oskar, der ist manchmal nicht nett. Aber sonst ist er o.k. Die anderen brauchen ihn. Ich nicht. Und ich hab' dich."

„Zum Tanzen, liebe Eva, zum Tanzen", sagte Kalo, der sich neugierig in dem Zimmer umgeschaut hatte und bei ihren letzten Worten lächelte. Dann trat er an ein unter Glas an der Wand hängendes Foto und sah Eva fragend an. Die trat neben ihn und hakte sich mit einem Arm bei ihm ein.

„Das sind meine Eltern. Das waren meine Eltern. Sie sind tot. Sie starben bei einem Autounfall, weil sie waren nicht angeschnallt", sagte sie schluchzend. „Sie haben viel getanzt. Ich habe schon als kleines Kind mit ihnen getanzt. Ich bin gegangen in Jazztanz. Und später, ich habe mit meinem Vater Tango Argentino getanzt. Wir sind zu Milongas gegangen, ich, meine Mutter und mein Vater. Das war in

Frankfurt. Da bin ich zur Schule gegangen. Ich habe einen Hauptschulabschluss."

„Und wie bist du nach Freiburg gekommen?"

„Nach dem Autounfall, danach, Freunde von meinen Eltern haben Beziehungen, sie haben hier eine richtige Arbeit für mich gefunden. Hier in Freiburg. Im Büro. Ich helfe da. Eine richtige Arbeit in einem richtigen Büro. Die anderen hier gehen in Werkstätten arbeiten. Das Zimmer hier, das habe ich bekommen, weil ich bin etwas down. Aber nicht so wie die andern. Ich bin up."

Mit diesen Worten setzte sie sich auf die Bettkante, schaute Kalo an, der an der Wand lehnte. Sie klopfte mit der rechten Hand neben sich auf das Bett und meinte:

„Kalo, setz dich zu mir! Ich...", sie überlegte kurz und fuhr fort: „Nein, setz dich nicht. Ich will noch nicht."

Ihr Gast schaute sie verwundert an und nahm sich vor, Eva gelegentlich klar zu machen, dass er sie wirklich mochte, aber wie eine Tochter, nicht mehr und nicht weniger.

7.

DOWN AND UP

Wenig später stieg Kalo in sein Auto, winkte der in der Haustür stehenden Eva zurück winkte und fuhr los. Auf der Heimfahrt erinnerte er sich plötzlich einer kleinen Erzählung, die er vor vielen Jahren, als er noch glaubte, Schriftsteller werden zu müssen, geschrieben hatte. Da war es doch um das Thema Down-Syndrom gegangen, fiel ihm ein. Die Erinnerung war sehr vage, vor allem wusste er gar nicht mehr, wie er zu diesem Thema gekommen war. Ein Erzählstrang war, glaubte er sich zu erinnern, der Tango Argentino, den er sich damals mit ersten Tanzkursen anzueignen begann. Zu Hause angekommen, von Olga keine Spur, aber das war er gewöhnt, holte er einen kleinen Koffer vom Speicher. Es handelte sich um die Sammlung seiner damaligen Schreibversuche, die sich über mehrere Jahre hingezogen hatten. Tatsächlich fand er unter den Manuskriptbündeln die Geschichte. Oben darauf stand: der Arbeitstitel „DOWN AND UP". Er goss sich ein Glas Wein ein, machte es sich in einem Sessel im Wohnzimmer bequem und las, durch den Abend in der Wohngemeinschaft neugierig und bewegt, was er vor endlos langer Zeit, wie ihm schien, geschrieben hatte und was offensichtlich nie richtig ausgearbeitet worden war:

Eduard – so nennen wir einen Gymnasiallehrer im besten Mannesalter –, Eduard traf bei einer Milonga eine alte Tangopartnerin, die er aber vor einigen Jahren aus den Augen verloren hatte, da sie nicht mehr zu Tanzveranstaltungen kam. Eine alte Bekannte war sie nur im Sinne von langjährig, denn sie war sicherlich 15 Jahre jünger als er. Melusine, so ihr poetischer Name, war noch immer hübsch, aber etwas abgehärmt, wie Eduard fand. Da er gute Tanzerinnerungen an sie hatte, stürzte er sich gleich auf sie, und nach ein paar nichtssagenden Worten gingen sie auf die Tanzfläche. Sie hatte ihn gewarnt, dass sie seit Jahren außer Übung sei, doch meinte er, Tango tanzen sei wie Fahrrad fahren: das verlerne man nie. Melusine hatte es auch nicht verlernt, wenn es beim ersten Tango auch noch etwas holprig war. Aber mit jeder weiteren Tanda, und sie tanzten mehrere mit einander, ging es besser, bis Eduard am Ende verschwitzt sagte, es sei einfach eine Wonne, mit ihr zu tanzen, und das Wiedersehen und Wiedertanzen müsse jetzt mit einem Glas Sekt begossen werden, zu dem er sie einlade. Melusine war während des

Tanzens aufgeblüht, stieß strahlend mit ihm an, doch als er nachfragte, warum sie denn so lange nichts von sich habe sehen und hören lassen, verschloss sie sich und gab ein paar Floskeln wie „einfach viel zu tun" von sich. Dann forderte sie jemand zum Tanzen auf, Eduard tanzte ebenfalls mit verschiedenen Frauen, und am Ende sah er Melusine nicht mehr. Sie war offenbar gegangen. Eduard ärgerte sich, dass er nicht nach ihrer Telefonnummer gefragt hatte, war sich aber unsicher, ob sie ihm diese gegeben hätte, da sie am Ende so einsilbig gewesen war.

Wochen vergingen, aber Eduard sah seine Tangotänzerin auf keiner Milonga mehr. Weitere Wochen waren verstrichen, als er an einem warmen Frühsommernachmittag den Stadtgarten durchquerte und auf einer Bank beim Spielplatz Melusine sitzen sah, die, ein geschlossenes Buch in den Händen, gerade einer Schar Kinder bei ihrem Spiel im Sandkasten zusah. Er trat heran und grüßte Melusine. Sie grüßte, erst leicht verwirrt, dann reserviert, wie es Eduard schien, er aber ließ sich durch die kühle Aufnahme nicht abhalten, fragte, ob er einen Augenblick neben ihr Platz nehmen dürfe, stellte sie jedoch vor vollendete Tatsachen, denn er saß schon an ihrer Seite. Er merkte jetzt, dass ihr das richtig peinlich schien, wusste aber nicht, warum eigentlich, begann zu stottern, wie schön doch der Tag sei, begann sich aber schon halb zu verabschieden, da es ihm inzwischen auch peinlich war, offensichtlich so unerwünscht zu sein. Er hatte sich schon halb erhoben, da stand plötzlich ein blondes Kerlchen vor ihnen und sagte:

„Mama, guck, das hab' ich finden!"

Eduard hatte sich wieder gesetzt, starrte dem Kind ins Gesicht, in das runde Gesicht mit seinem blauen mandelförmigen Augen und dem offenen Mund, aus dem die Zunge hing. Der Junge drückte Melusine ein kleines Spielzeugauto, das er wohl aus dem Sand gebuddelt hatte, in die Hand. Die Mutter war rot im Gesicht, räusperte sich und sagte mit heiserer Stimme:

„Schön, Tom, schön. Schau nach, vielleicht findest du ja noch mehr Autos!"

Der Kleine, der fünf oder sechs Jahre alt sein mochte, schritt, in der rechten Hand eine kleine Schaufel, breitbeinig zum Sandkasten zurück. Melusine schaute auf das Modellauto in ihrer Hand, säuberte es mit den Fingern vom Sand, atmete tief durch und schaute schließlich Eduard an. Der räusperte sich und sagte:

„Ich wusste nicht, dass du Mutter geworden bist."

„Wie solltest du das auch wissen?"

„Deshalb bist du wohl nicht mehr tanzen gekommen."

„Ja, damals vor zwei Monaten oder so, war meine Mutter zu Besuch aus Hamburg hier, und ich nutzte die Gelegenheit, endlich mal wieder Tango zu tanzen. Es war sehr schön damals, das Tangotanzen mit dir und den andern."

Nach einer längeren Pause fuhr sie fort:

„Reden wir nicht um den heißen Brei herum! Du hast Tom gesehen. Er hat das Down-Syndrom, er ist behindert,..."

„Aber es ist ein herziges Kerlchen."

„Eben: aber. Das sagen sie dann alle: aber."

„Melusine, du hast Recht. Wie blöd von mir! Dieses Aber ist wirklich...Tut mir leid.

Verzeih mir! Wenn dann völlig unvorberei-
tet...ach, ich glaube, ich mache es mit jedem
Wort noch schlimmer. Hilf mir!"

„Wer bist denn du?"

Tom stand vor ihnen und schaute diesmal
Eduard ins Gesicht. Der guckte ihn an, lächelte dann und hielt ihm die Hand hin:

„Hallo, Tom, ich bin der Eduard. Ich kenne
deine Mutter vom Tango. Wir sind alte Tango-
freunde, wenn ich das so sagen darf."

„Ich und Mama tanzen Tango auch,
manchmal, in der Küche. Mama tanzt prima.
Ich tanze auch prima, sagt Mama. Nicht wahr,
Mama?"

„Ja, mein Schatz, wir tanzen prima zusammen."

„Tanzt du mit Ed...mit Ed auch prima?"

„Ja, ich glaube, wir tanzen auch prima zusammen."

„Tom, deine Mutter ist eine wundervolle Tangotänzerin. Mit der kann man nur prima zusammen tanzen. Aber findet ihr es nicht wirklich richtig heiß heute, so richtig heiß für ein kaltes Eis?"

„Ja, ja, Eis, Eis!", rief Tom und rannte schon in Richtung des Kiosks im Stadtgarten. Melusine warf Eduard einen unwilligen Blick zu und eilte ihrem Sohn hinterher. Eduard gesellte sich an ihre Seite, entschuldigte sich, ja, er hätte sie zuerst fragen sollen, er glaube, dass er heute hier im Park wohl alles falsch mache, was man falsch machen könne. Aber jetzt sei es wohl zu spät. Und es sei doch wirklich schon sommerlich warm, wirklich Zeit für ein Eis, ihn gelüste es auch nach einem. Am Ende saßen die beiden Erwachsenen mit dem Kind zwischen ihnen auf einem Mäuerchen und schleckten einträchtig ihr Eis. Tom hatte sogleich ein Schokoladengesicht, das ihm seine Mutter mehrmals abwischte, und zuletzt wischte sie lachend auch Eduard über dessen verschmierte Lippen. Eduard verabschiedete sich nach einem Blick auf seine Uhr, er habe noch einen Termin, es wäre schön wenn man sich mal wieder sehe.

„Ja, Ed, komm zum Tango! In der Küche. Macht Spaß. Da darfst du auch mit mir tanzen."

Er komme gerne einmal, sagte Eduard, und zog eine Visitenkarte aus seiner Jackentasche, reichte sie Tom und sagte, dass darauf seine Telefonnummer stehe. Aber bevor er anrufe, solle er mit seiner Mutter sprechen. Der gab er schnell ein Küsschen auf die Wange und streckte Tom die Hand hin. Doch der reckte ihm eine Wange hin, und der große und der kleine Mann verabschiedeten sich mit Wangenküssen.

Zwei Wochen später klingelte das Telefon bei Eduard, Tom war am anderen Ende und lud ihn zum Tangotanzen in die Küche ein. Dann reichte er den Hörer an seine Mutter weiter, die die Einladung bestätigte, der Junge lasse ihr keine Ruhe, spreche immer von Ed, vom Tango und vom Eisessen. Sie machten einen frühen Abendtermin für den nächsten Tag aus und Eduard versprach, natürlich Eis mitzubringen.

„Nein, nein, Eduard. Kein Eis! Tom darf nicht so viel Süßes essen, er wird sonst zu dick. Das ist so ein Grundproblem bei Kindern mit Down-Syndrom. Wie wär' es, wenn du unbedingt etwas mitbringen willst, mit einem Obstsalat? Aber ohne Zucker."

„Und wie krieg' ich den Zucker aus dem Obst?"

Melusine lachte und sagte, es genüge, wenn er keinen Extrazucker auf das Obst schütte. Tom freue sich riesig, wenn er zu Besuch käme. Ja, auch sie freue sich. Ihr kleiner Tangopartner wäre dann doch nicht ein voller Ersatz für einen Eduard.

Am nächsten Tag trat Eduard, freudig begrüßt von Tom, mit einer großen Schüssel selbst gemachten Obstsalats in die Wohnung, gerade recht als Nachtisch zum Abendessen des Kleinen. Nachdem Mutter, Sohn und Gast herzhaft zugegriffen hatten, wurden Tisch und Stühle in der Wohnküche in die Ecke gerückt, um Platz für den Tango zu haben. Auf den Küchenfliesen sollte die Milonga stattfinden, denn in Wohnzimmer und Flur war Teppichboden. Melusine legte eine CD ein und tanzte dann mit Eduard vor Tom, der nicht einen Augenblick still stehen konnte, einen Tango. Dann zeigte er dem Gast, wie er mit der Mama tanzt, wobei er sie vor sich herschob und breitbeinig hinterher stapfte.

„Nicht schlecht, Tom, für den Anfang. Aber an deiner Schritttechnik müssen wir noch arbeiten", meinte Eduard, holte ein Stück Kreide aus der Tasche und zog einen langen geraden Strich durch die Küche. „So, und jetzt wird deine Mama einmal mit Tangoschritten den Strich vorwärts gehen, ja, prima, und jetzt zurück. Perfekt. Jetzt probier du es, Tom!"

Der Kleine hatte den Strich zwar meist unter dem Po, doch die Füße fast immer links oder rechts daneben. Dann schritt Eduard den Strich ab, wobei er es vorwärts problemlos schaffte, während er bei den Rückwärtsschritten die Linie nicht sauber einhielt.

„Du siehst Tom: Wir Männer müssen noch schwer üben."

Das tat der Junge auch, er war nicht zu stoppen, bis dann seine Mutter das Ende der Übung ansagte, Tom ins Bad und dann in das Kinderzimmer brachte. Dort musste sie ihrem Sohn, der im Bett schon den Teddy umklammert hielt, ein Märchen erzählen, den Froschkönig, wie er verlangte. Eduard stand an der Tür und schaute und hörte zu. Kaum war das Märchen zu Ende, deutete der Junge auf den Gast und forderte ihn auf, auch noch ein Märchen zu erzählen. Melusine bewilligte eine kurzes Geschichte, aber dann sei Schlafenszeit. Und Eduard erzählte:

„Also ein kurzes Märchen. Es heißt 'Die Froschkönigin'. Die Geschichte beginnt genau so, wie sie deine Mama erzählt hat. Also der Brunnen, die Prinzessin, die goldene Kugel, die in den Brunnen fällt, der Frosch und so weiter bis der Frosch im königlichen Esszimmer auf den Tisch hüpft und einen Kuss möchte. Und in diesem Märchen küsst die Prinzessin gleich den Frosch, denn sie war ein ganz ganz braves Mädchen. Der Kuss also – und unter Blitz und Donner verwandelt sich die Prinzessin in einen Frosch, vielmehr in eine Fröschin. Und dann hopsen die beiden Frösche vom königlichen Mittagstisch. Sie hopsen die königlichen Treppen hinunter. Sie hopsen durch den königlichen Garten bis zum königlichen Brunnen. Und dann hopsen die beiden in den Brunnen, wo sie noch heute leben, wenn sie nicht gestorben sind."

Tom hatte während des Zuhörens ständig gekichert und wollte weitere Geschichten, aber seine Mutter beendete die abendliche Märchenstunde, nachdem Eduard versprochen hatte, wenn er wieder einmal eingeladen würde, dann werde er ein neues Märchen erzählen. Melusine gab dem Jungen einen Gutenachtkuss und machte das Licht bis auf eine kleine Leuchte aus. Als sie hinter Eduard und sich die Tür geschlossen hatte, kicherte auch sie und fragte:

„Hast du das erfunden? Und die Moral von der Geschicht?"

„Das war eine Improvisation – ohne moralische Absicht. Aber da ich Lehrer bin, werde ich darüber nachdenken, ob ich ein didaktisches Ziel dazu finden kann."

Sie setzten sich in die Küche, tranken zusammen ein Glas Wein und Melusine erzählte von ihren Nöten als Mutter eines Kindes mit Down-Syndrom, von Toms Vater, der sich nach der Geburt des behinderten Kindes aus dem Staube gemacht hatte, von den Problemen mit dem Kindergarten und ihrer Scheu, unter die Leute zu gehen und auf Tom angesprochen zu werden. Jetzt sei der Junge noch niedlich, aber wie würde es sein, wenn er erwachsen sei. Schon jetzt gebe es ständig Probleme mit der Vereinbarkeit von ihrer Arbeit und der Kinderbetreuung, vom geistigen Abschalten ihrerseits ganz zu schweigen. Eduard tröstete sie nicht, aber er sagte, künftig sei er da, wenn sie Hilfe brauche. Tom nehme ihn ja offensichtlich an. Und wenn der Junge erwachsen sei, dann sehe man weiter, ob nun eine Werkstätte für Behinderte oder ob es andere Möglichkeiten geben werde.

„Und was mache ich dann, wenn er mich nicht mehr braucht?"

„Dann, Melusine, kannst du dich um den dann hoffentlich nur leicht behinderten Senior Eduard kümmern. Aber jetzt tanzen wir erst einmal ein paar Tangos!"

8.

Wahlverwandtschaften

Als Olga spät am Abend nach Hause zurückkehrte, fand sie ihren Mann im Sessel eingeschlafen, eine halbleere Weinflasche auf dem Tischchen vor sich und beschriebene Blätter am Boden verstreut. Olga setzte sich zu Kalo, schenkte sich sein Glas voll, trank ein paar Schlucke und stupste ihren Mann mit dem Fuß in die Seite, bis er aufwachte. Benommen sah er zu ihr, gähnte und sagte:

„Du hast mich aus dem schönsten Schlaf geschreckt."

„Ein Ehemann sollte seine Ehefrau niemals schlafend empfangen. Das macht ein schlechtes Bild. Stell dir vor, ich wäre nicht allein gekommen! Was ist mit diesen Blättern da?"

„Ach, ich habe ein altes Manuskript von mir ausgegraben und gelesen."

„Und bist prompt eingeschlafen. Du siehst wieder einmal, dass mein Rat, das Schreiben zu lassen und Lektor zu werden, mehr als berechtigt war. Wenn du schon bei der Lektüre deines eigenen Manuskripts einschläfst, wie erginge es da erst anderen?"

Kalo widersprach. Es sei da eine unerwartete Koinzidenz aufgetreten, sie solle mal her hören. Er kramte die fliegenden Blätter zusammen, brachte sie in die richtige Reihenfolge und begann zu lesen.

„Ach du lieber Gott", stöhnte Olga nach den ersten Worten, „auch noch eine Kopie von Goethes 'Wahlverwandtschaften'. Dabei fand ich schon das Original von außerordentlicher gehobener Langeweile. Und dann noch potenziert von dir! Als dann das junge Ding, ja wie hieß sie denn noch, ja, diese Ottilie weisheitsschwangere Maximen, eines alten Mannes würdig, geschrieben haben sollte, warf ich das Buch hin."

„Und so erklärt es sich, warum meine liebe Olga nie verstanden hat, was Wahlverwandtschaft zu bedeuten hat."

„Das mag so sein, mein lieber Kalo, aber ich bin sicher, du erläuterst es mir sogleich, vielleicht am besten am Beispiel deiner kleinen Freundin. Das müsste dir doch entgegen kommen: zwei verwandte Seelen. Dagegen glaube ich, dass mich und sie nur eines verbindet: der Tango. Aber das ist für eine wie sie ja schon allerhand."

„Und das Geschlecht."

„Ach, ja!?"

Kalo sprang auf und starrte seine Frau böse an.

„Ach, Kalo! Echauffiere dich nicht so! Du weißt doch, dass ich dazu neige, fies zu sein. Ich hab absolut nichts gegen deine Kleine. Amüsier dich mit Evalein! Oh, jetzt plustere dich nicht so auf! Sie ist wirklich nett, ohne Ironie gesprochen. Allerdings wäre sie mir zu einfältig, nein, nein, das meine ich nur als Gegensatz zu 'vielfältig'. Aber wenn du mich weiter so zornig anblickst, dann regt mich das nur an, wie du weißt", sagte Olga, schloss die Augen, lehnte sich auf dem Sofa zurück und legte eine Hand auf ihren Schoß.

9.

Hector

In den folgenden Wochen hatte sich Olga ein Spanischlehrbuch und die dazu gehörenden CDs vorgenommen, um ihre Sprachkenntnisse aufzufrischen. Auf ihren Vorschlag hin organisierte der Tangoclub ein Workshop-Wochenende mit Hector. Zwar wurde bedauert, dass der Argentinier ohne eigene Tanzpartnerin antrete, andererseits war das finanzielle Risiko gering, da sich Olga erbot, der Tanzlehrer könne in ihrem Haus untergebracht werden, die Hotelkosten also wegfielen. Ein Zimmer in der leer stehenden Einliegerwohnung im Haus benutzte Olga als Arbeitszimmer; der Rest stand Gästen zur Verfügung. Zuzeiten zog sie sich auch nach unten in die

Wohnung zurück, wenn ihr die Gutmütigkeit und grenzenlose Einsicht Kalos wieder einmal auf die Nerven gingen.

Vielleicht war ein Problem, dass beide den selben Arbeitgeber hatten, einen Fachbuchverlag. Olga leitete den finanziellen Bereich des Verlags, Kalo war Lektor. Tagsüber gingen die beiden im Verlagsgebäude ihren Aufgaben nach, die sie nicht allzu oft bei der Arbeit zusammen führten. In der Kantine sah man sich gewöhnlich aber zum Mittagessen, setzte sich mit anderen Mitarbeitern an einen Tisch, fachsimpelte und kalauerte, das letztere vor allem sie.

„Tag und Nacht immer an den selben Orten", seufzte Olga einmal vor einer Freundin, doch die hatte kein Mitleid mit ihr und meinte, sie sei wie eine Spinne, die das Männchen nicht aus ihrem Netz ließe. Olga korrigierte nicht den biologischen Unsinn, ergänzte dann aber im Bild bleibend:

„Und irgendwann frisst die Spinne das Männchen auf."

Olga erzählte an einem der folgenden Tage beim Abendessen, dass Hector sie auf ihrem Handy angerufen und sein Eintreffen angekündigt habe.

„Und wer ist Hector?"

„Kalo, du weißt doch, der argentinische Tanzlehrer. Er wird ein paar Tage in unserem Gästezimmer nächtigen. War doch so abgemacht."

„So? Hatte das ganz vergessen."

„Ich befürchte, mein Lieber, dass dir unsere kleine Behinderte deinen Verstand zu rauben droht. Nimm sie, aber nimm sie nicht zu ernst!"

„Ich bin nicht Olga."

„Nein, mein Lieber, da hast du wieder einmal völlig Recht. Du nimmst nicht – und alles zu ernst. Holst du Hector vom Bahnhof ab, morgen, um 17 Uhr?"

Kalo schüttelte den Kopf und brummte, dass dieser Argentinier ihr Gast sei. Worauf Olga lachte und betonte, dass er der Gast des Tangovereins sei. Aber sie werde sich seiner gastfreundlich annehmen.

Am folgenden Tag holte sie Hector vom Bahnhof ab, brachte ihn nach Hause und quartierte ihn in der Einliegerwohnung ein. Zu dritt aß man zu Abend, wobei Olga Spanisch mit dem Argentinier sprach, während Kalo Englisch mit ihm kommunizierte. Allerdings sprach Hector nicht gerade fließend Englisch, doch wurde das Tischgespräch ja vornehmlich von Olga geführt. Später ging sie mit Hector zu einer Milonga nach Mulhouse. Kalo schützte Arbeit vor, das neue Buch müsse dringend zu Ende redigiert werden.

Gegen Mitternacht kehrten Olga und Hector zurück. Zunächst verabschiedeten sie sich herzlich im Haus, Olga trat ins Schlafzimmer und fand dort Kalo schlafend vor. Sie zögerte einen Augenblick, dann stieg sie die Treppe zu der Einliegerwohnung hinunter und klopfte an die Tür. Hector öffnete und sie trat hinein.

Es waren turbulente Tage mit Hector. Alle kamen auf ihre Kosten. Die Tangogemeinde nahm den argentinischen Tanzlehrer gut an, wobei dieser vor allem Olga als Tanzpartnerin zur Demonstration in seinen Workshops benutzte und als Dolmetscherin, wenn es mit dem Englischen nicht so richtig klappte. Und da Olga beschäftigt war, konnte sich ihr Mann Eva widmen. Die erwartete das inzwischen, nahm es als selbstverständlich, dass ihr

Tangopartner nicht nur Tango mit ihr tanzte. Sie machten gemeinsame Ausflüge, gingen in Konzerte und tauschten unschuldige Wangen-küsschen aus. Kalo fühlte sich wohl in seiner Rolle als väterlicher Begleiter Evas.

Als Kalo am Sonntagnachmittag auf Bitte Olgas Mineralwasser für die Teilnehmer der Workshops nachlieferte, schaute er eine Weile zu. Hector grüßte ihn in einer Pause zwischen zwei Kursen und sagte, dass er, Kalo, seiner Frau das Tangotanzen hervorragend beige-bracht habe. Offenbar ein obligates argentini-sches Kompliment für den Tanzpartner, eine Floskel, die für einen Augenblick aber doch Kalo schmeichelte, wenn da nicht das unver-schämte Grinsen Olgas gewesen wäre.

„Olga tanzen mit desenvoltura", betonte Hector. Und Olga übersetzte, dass 'desen-voltura' so viel bedeute wie Nonchalance, Ungeniertheit, Ungezwungenheit, Zwanglosigkeit. Er solle sich aussuchen, welche Übersetzung ihm besser gefalle. Sie assoziiere mit dem Begriff die scheinbare Leichtigkeit, mit der ein Seiltänzer, eine Seiltänzerin sich über einen Abgrund bewege – im Tangoschritt. Wo denn Eva sei, fragte sie, und fuhr fort:

„Warum macht ihr beide nicht einen Workshop mit? Ich bin sicher, der gute Hector ist auch dafür zu haben, für einen Mo...einen Mango-Tango, süß und fruchtig."

Kalo biss sich auf die Zunge. Olga schüttelte nur den Kopf und bedauerte, dass ihr Mann auch nie explodieren konnte.

10.

Der Schulfreund

Richard hatte sein Kommen angesagt, und Kalo nahm sich dafür einen freien Tag. Einmal im Jahr, wenn sein alter Schulfreund aus dem Norden anreisend auf der Durchfahrt in den Süden war, unternahmen sie eine ausgiebige Wanderung im Schwarzwald oder in den Vogesen. Ein Jahrzehnte altes Ritual. Nach seiner Verheiratung hatte Kalo im ersten Jahr Olga mitgenommen, doch entpuppte sich die Wanderung zu dritt als ein Fiasko. Olga und Richard waren sich offensichtlich von Grund auf unsympathisch, was Kalos Freund natürlich mit charmanter Höflichkeit überspielte, jedoch Kalos Frau auf ihre schonungslose Art brutal konterkarierte durch charmante Unhöflichkeit. Für die zwei Streitenden war es wohl ein unterhaltsamer Tag gewesen, für Kalo ein Horrortrip. In den folgenden Jahren machten sich dann die Freunde wieder zu zweit auf den Weg, während Olga sich am Abend mit der Rolle der ironischen Gastgeberin begnügte.

In diesem Jahr konnte Kalo seinem Freund mit einer Überraschung aufwarten. Vom Aussichtsturm auf dem Schauinsland blickten sie auf die fernen Alpen, die an diesem Tag klar am Horizont standen.

„Ich glaube, Richard, dass ich mich verliebt habe."

„Doch nicht etwa in deine Frau?!"

„Nein, das war vor über zwei Jahrzehnten, das mit Olga."

„Na endlich! Vielleicht wirst du auf dein Alter doch noch etwas weise. Du weißt, ich hatte von Anfang an die größten Bedenken, was Olga und dich betrifft."

„Davon hast du mir damals nie etwas gesagt."

„Nein, ich werde doch einem Liebenden nicht besserwisserisch kommen. Du fragtest damals vor deiner Verheiratung nach meiner Meinung, ich merkte, dass du wild entschlossen warst, und da habe ich dich in deinem Entschluss bestärkt. Sonst hätte ich mir vermutlich bis ans Ende meiner Tage anhören müssen, dass du wegen mir dein großes Glück verpasst hast. Ohne Dummheiten zu machen, kommt man nicht durchs Leben und nicht zu sich selbst. Ob man mit Dummheiten dazu kommt, ist eine andere Frage."

„Auf jeden Fall bist du mit dieser Haltung immer aus dem Schneider, Richard. Und dafür muss einer Tiefenpsychologe sein?"

„Nicht unbedingt, nicht unbedingt. Aber erzähl mir von deiner großen Liebe!"

„Nein, so war das nicht gemeint. Es gibt da eine 20-jährige Eva, die bei mir Vatergefühle hervorruft. Oder vielleicht Geschwistergefühle? Du weißt ja, dass meine Schwester damals im Kindergartenalter ihrer schweren Krankheit erlag."

Die beiden stiegen von der Aussichtsplattform des Turms herab, machten sich auf den Weg über die Wiesen zum Wald, und Kalo erzählte im Wandern von Eva, Tango, Down-Syndrom und der Behindertenwohngemeinschaft. Richard hörte zu, und als sein Freund offenbar alles erzählt hatte, was ihm auf dem Herzen lag, blieb er stehen, schaute Kalo an und sagte:

„Ich wünsch' dir alles Gute, ich wünsche euch beiden alles Gute."

„Ich höre bei dir viel Skepsis heraus, Richard."

„Nicht mehr als sonst. Ich bin immer skeptisch. Du kennst mich doch. In diesem Fall bin ich aber nicht skeptisch, was dich und deine Eva betrifft. Guck mich nicht so fragend an, Kalo! Ich denke bei diesen Worten an Olga."

„Was hat Olga damit zu tun? Eva rührt und berührt mich einfach. Aber wie ich schon sagte: Ich glaube, ich liebe sie wie eine Tochter, die ich so gerne gehabt hätte, oder wie das Schwesterlein, das ich so früh verlor. Im Übrigen: Selbst wenn es anders wäre – Olga und ich führen eine moderne Ehe."

„Herzliches Beileid! Im Übrigen meinst du wohl: Olga führt eine moderne Ehe."

Kalo schwieg einen Augenblick, dann fuhr er fort:

„Ich weiß, dass Olga mir nicht treu ist, was den Sex betrifft. Warum sollte sie etwas gegen Eva haben?"

„Weil es nicht um das Sexuelle geht, lieber Kalo. Abgesehen einmal davon, dass es zwischen dir und Eva gar nichts Sexuelles gibt und geben soll und geben darf, denn das wäre nicht Liebe, sondern Missbrauch. Aber das weißt du ja selbst. Nein, darum geht es nicht. Vermutlich wäre Olga sogar zufrieden, wenn du eine Affäre hättest. Dann müsste sie kein schlechtes Gewissen haben."

„Sie hat noch nie ein schlechtes Gewissen wegen ihrer Affären gehabt", unterbrach ihn Kalo. „Ich habe ihr nie Vorwürfe gemacht. Ich habe akzeptiert, dass sie mit mir allein..."

Er führte den Satz nicht zu Ende, weil sein Freund in Lachen ausbrach und ihn dann umarmte.

„Kalo, du bist so intelligent und zugleich so dumm. Du zwingst mich ja zu einer Analyse der Situation. Also: Wenn einem keine Vorwürfe gemacht werden, ist das ja viel schlimmer zu ertragen. Ich kann mir lebhaft vorstellen, wie dir die liebe Olga angesichts deiner alles vergebenden Christushaltung ins Gesicht schlagen könnte. Das tut sie aber nicht, weil dann die Gefahr bestünde, dass du ihr auch noch die andere Wange hinhältst. Dabei will sie ja gelegentlich geschlagen werden, wie du es mir gebeichtet hast. Schlagen und geschlagen werden! Doch lassen wir das jetzt auf sich beruhen.

„Aber was hat das mit Eva zu tun? Das verstehe ich nicht."

„Ich lehne mich mal mit meiner Analyse weit aus dem Fenster: Olga hat nichts gegen sexuelle Ausschreitungen deinerseits. Aber meinst du wirklich, sie würde dulden, dass du außerhalb eurer Ehe eine wahre Liebe findest? Was immer das auch sein möge."

Die Freunde schritten lange stumm nebeneinander, während Kalo an dem Knochen nagte, den ihm Richard vor die Füße geworfen hatte. Weit kam er dabei nicht, denn immer wieder drängte sich ihm das sanfte Gesicht Evas dazwischen. Sie waren inzwischen bei einer Landgaststätte angekommen und setzten sich zu einem Vesper nieder. Leiblich gestärkt sagte Kalo:

„Vielleicht sollten Olga und ich uns ja scheiden lassen. Außer Tango gibt es seit Jahren nichts mehr Gemeinsames zwischen uns. Selbst im Sex nicht - oder gerade in ihm nicht. Und weißt du, Richard, ich glaube, dass Eva mir inzwischen mehr bedeutet als Olga. Aber mehr als Vaterliebe oder so etwas wird es nicht geben. Doch das ist schon ein großartiges Geschenk für mich und vielleicht auch für Eva. Ihre Unschuld, ich meine Evas Unschuld, reißt mich einfach hin."

„Das ist ja großherzig von dir gedacht, aber unschuldige Menschen gibt es nicht, nicht mal unschuldige Kinder, wenn sie nur ein wenig Hirn haben. Und dabei denke ich wirklich nicht an die Erbsünde von euch Katholiken."

„Du kennst Eva nicht."

„Nein, ich kenne Eva nicht. Ich wünsche dir wirklich alles Glück mit einer, sagen wir, Adoptivtochter, aber täusche dich nicht: Warum sollte sie unschuldig sein? Und wie ich vorhin schon andeutete, kann fremde Unschuld viel schwerer zu ertragen sein als fremde Schuld. Wir wollen hoffen, mein lieber Adam, dass deine Eva nicht völlig unschuldig ist."

„Jetzt fängst du an zu kalauern. Wie wäre es zum Abschluss mit einem Espresso? und dann wandern wir weiter, und du erzählst mir ein wenig von dir."

Sie machten sich erneut auf den Weg, Richard erzählte, was sich bei ihm in den vergangenen zwölf Monaten ereignet hatte, als Kalo plötzlich stehen blieb und fragte:

„Glaubst du wirklich, Olga würde nicht in eine Scheidung einwilligen?"

„Weiß ich nicht. Aber irgendwie habe ich ein Gefühl der Angst, was dich und Eva betrifft. Nein, weiter erklären kann ich das nicht, Kalo."

11.

Dr. oec. versus Dr. med.

Als die beiden Freunde von ihrer Wanderung am frühen Abend zurückkehrten, kochte Olga in der Küche, trat aber in den Flur und grüßte mit demonstrativ herzlichen Wangenküssen den Gast; der küsste zurück.

„Ah, da ist ja der gute Dr. med Richard A. Bodenhauser."

„Ah, da ist ja die liebe Dr. oec. Olga Lotke."

„Ich hoffe, ein großer Topf Bouillabaisse ist dir Recht."

„Klingt gut, Olga. Es riecht schon gut. Selbst gemacht?"

„Selbst gekauft. Kalo, schaust du mal in der Küche nach, damit die Baguettes im Backofen nicht schwarz werden! Und Schnittlauch müsste noch klein geschnitten werden. Derweil werde ich deinen...unseren Gast mit einem Aperitif begrüßen. Komm, Richard!"

Sie führte ihn ins Wohnzimmer und füllte aus der bereit stehenden Campariflasche in zwei Gläser ein, die beiden stießen an, tranken einen Schluck und setzten sich am Couchtisch gegenüber. Richard berichtete kurz von seiner bevorstehenden Italienreise, bedankte sich für das Gästebett und sagte, dass er am nächsten Tag weiter zu fahren gedenke.

„Nur einen Tag hier, Richard? Hat Kalo denn da genügend Zeit, seine Probleme mit dem Psychoanalytiker durchzukauen?"

„Olga, du solltest wissen, dass ich Freunde nicht therapiere."

„Ja, Beruf ist Beruf, und Schnaps ist Schnaps. Doch mit dem Schnaps ist es dann doch einfacher, den außen vor zu halten. Aber geht das mit der Psychologie, gar der Tiefen-psychologie?"

„Das ist reine Übungssache."

„Wenn du das sagst, Richard. Meine Skepsis bleibt. Andrerseits stimmt es vielleicht bei dem guten Kalo. Sonst hätte er mich doch schon längst verlassen oder erst gar nicht geheiratet."

„Du müsstest wissen, dass ich meinem Freund nie abgeraten habe. Wenn er glaubte einen Entschluss gefasst zu haben, habe ich ihn darin bestärkt. Wo kämen wir hin, ohne Fehler zu machen?"

„Da wo ich hinkomme, lieber Richard."

„Ach, ja. Du bist der einzige Mensch, den ich kenne, der keine Fehler macht. Muss schrecklich sein."

„Du hast Recht, manchmal überlege ich mir tatsächlich, mal einen Fehler zu machen, ein-fach aus Neugier, wie das dann so ist. Aber dann ist meine Neugierde immer schon gestillt, wenn ich sehe, wie die anderen ihre Fehler machen und so furchtbar böse und traurig mit sich sind, vielmehr böse mit mir sind."

„Nein, du bist kein Kind der Traurigkeit – wie alle bösen Kinder."

„Apropos Kind: Kalo hat dir bestimmt von seiner kleinen Eva erzählt. Seine neuste Flamme."

„Flamme? Ich denke nicht, dass dieser Begriff zutrifft. Es sind wohl eher Vatergefühle für eine Wahltochter."

„Diese Wahlverwandtschaften! Mag sein. Aber gibst du mir nicht Recht, dass es endlich Zeit damit wurde für den guten Kalo, sich andersweitig emotional zu befriedigen? Er kann doch nicht ständig nur unter seiner Ehefrau leiden. Ein bisschen Abwechslung..."

Richard sah sie an und schüttelte nur den Kopf, sie grinste und hielt die Stille aus. Das war ja eine ihrer Taktiken, kein Wort zu sagen, den Gegenüber anzuschauen und dadurch am Ende völlig zu verunsichern.

„Noch einen Campari?", sagte sie aber dann, war sie doch ganz die nette Gastgeberin. „Nein? O.k., ich schau mal in der Küche nach, ob Kalo alles auf die Reihe bringt. Mein Ehemann ist in letzter Zeit etwas behindert."

Es wurde ein vergnüglicher Abend. Die Fischsuppe war köstlich, der Wein exquisit. Bei der anschließend bis Mitternacht dauernden Skatrunde verlor Kalo an Richard und Olga sein ganzes Taschengeld.

12.

Kalo und Eva

Hector, der nach dem Erfolg der Workshops ein paar Wochen später vor seiner
Rückreise nach Argentinien erneut in Freiburg
Station machte, leitete an diesem Abend einen
Kurs, wobei Olga wieder tänzerisch und über-
setzend aushalf. Kalo nutzte die Gelegenheit
und lud Eva zum Abendessen ein. Selbstge-
machten badischen Kartoffelsalat und selbst
gekaufte schwäbische Maultaschen gab es. Bevor es ans Essen ging, führte der Hausherr
Eva durch die Räume und sagte, auf den Par-
kettboden im riesigen Wohnzimmer weisend,
dass man hier auch Tango tanzen könne.

„Ich kann nicht Tango tanzen, weil ich habe
keine Tanzschuhe dabei."

„Macht nichts. Wir können auch in Socken tanzen. Aber jetzt wollen wir erst einmal essen. Ich hoffe, du hast genügend Hunger mitgebracht."

Das hatte Eva, sie ließ es sich schmecken, und Kalo staunte über die Quantitäten, die sie verdrücken konnte. Er neckte sie, dass er das nächste Mal für drei Kochen werde.

„Ja, auch für Olga."

Kalo schluckte, fragte nach ihren Mitbewohnern, ihrer Arbeit, ihren armen verunglückten Eltern. Gemeinsam wurde der Tisch abgedeckt, dieser in die Ecke getragen und eine Tango-CD gestartet. Sie tanzten, tranken ihr Mineralwasser, schließlich wollte Eva den Hausherrn auf den Mund küssen, doch wehrte der ab, küsste sie auf die Wangen und setzte sie ihm gegenüber auf die Couch.

„Eva, ich mag dich wirklich, aber wie ein großer Freund, wie ein Vater, und der könnte ich ja auch dem Alter nach gut sein. Ich will immer für dich da sein, aber...", sagte er und unterbrach, denn er hörte die Stimmen Olgas und Hectors im Flur. Und da traten die beiden schon ins Wohnzimmer.

„Ich glaube, da kommen wir gerade rechtzeitig zum Tango", sagte Olga und schaute auf den zurückgeschlagenen Teppich, auf den vor ihr stehenden Kalo und die noch sitzende Eva. Dann präsentierte sie Hector die junge Frau, holte eine neue Flasche Wein und Gläser und stieß mit dem argentinischen Gast an. Kalo und Eva hoben dazu prostend ihr Glas Wasser. Kalo wollte sich verabschieden, es sei schon spät geworden, er wolle Eva nach Hause bringen.

„Halt, halt!", rief Olga. „Erst wollen wir alle noch einen Tango tanzen. Hector soll uns sagen, was deine kleine Freundin tangomäßig drauf hat."

Sie schaltete den CD-Player an, und sagte Hector auf Spanisch, dass die kleine Blondine unbedingt mit ihm tanzen wolle. Er solle sich nicht stören an...also, sie tanze wirklich nicht schlecht. Pflichtbewusst nahm der Argentinier Eva in die Arme. Sie sträubte sich leicht, gab aber dann nach, und nach den ersten Schritten ging sie im Tango auf. Hector war wirklich ein Ass, auch wenn er im Laufe dieses Abends schon einige Gläser Wein getrunken hatte. Olga schaute zufrieden auf die Szene, trank ihr Glas leer, schnappte sich Kalo und tanzte mit ihm. Ihr Mann war nicht ganz bei der Sache, wie sie feststellen musste, er schielte zu sehr auf das andere Paar, doch in diesem Augenblick war sie großzügig, genoss die augenscheinliche Verwirrung Kalos. Als Hector mit Eva einen zweiten Tango zu tanzen begann, entschuldigte sichKalo, er müsse auf die Toilette, und ließ seine Frau stehen. Er blieb länger als nötig im Badezimmer, riss sich dann aber zusammen. Es war schon spät geworden, er musste Eva nach Hause fahren. Im Wohnzimmer zurück spielte noch Tangomusik, doch niemand tanzte, und Olga hatte sich auf das Sofa gelegt. Als sie den fragend suchenden Blick ihres Mannes sah, lachte sie und sagte:

„Vermisst du deine kleine Freundin? Wo ist sie denn? Ach ja, Hector wollte ihr eine Tango-CD schenken, die er unten in seinem Gepäck hat - oder so etwas. Was schaust du mich so an? Eva ist doch volljährig, oder?"

Kalo stürzte aus dem Zimmer, rannte die Treppe hinunter und in die Einliegerwohnung, deren Tür offen stand. Er hatte schon auf der Treppe Evas Stimme gehört, ihr „Ich will nicht! Ich will nicht!". Schon stand er in der Wohnung und sah, wie Eva, die Arme von sich gestreckt, einen aufdringlichen, unter Alkohol stehenden Hector auf Distanz zu halten versuchte. Kalo riss den Argentinier weg, stellte sich vor Eva und schrie:

„Don't you see? She doesn't want to, she does not want to."

Hector sah ihn an, schnallte sich den Gürtel zu und sagte:

„Are you sure? They always want to. Always."

„She said 'no'."

„They always say 'no' – at the beginning."

Kalo schüttelte nur den Kopf, legte einen Arm um Eva und führte sie hinaus.

13.

Ausflug zu dritt

Kalo schaute verblüfft seine Frau an. Hatte er da richtig gehört? Sie schlug vor, Eva am Sonntag zu dem einmal im Jahr stattfindenden Besuch im Museum Unterlinden in Colmar mitzunehmen. Den dort ausgestellten Isenheimer Altar musste Olga mindestens alle zwölf Monate betrachten, wie sie sagte. Diese Bildergewalt und Farbenpracht sei einfach umwerfend. Das alles könne man in Katalogen und auch in besten Reproduktionen nicht wieder finden, von der Aura der Altarbilder ganz abgesehen. Es sei schade, dass man das in einem Museum ansehen müsse und nicht wie ursprünglich in der Isenheimer Klosterkirche, die es ja seit fast 200 Jahren nicht mehr gebe.

„Nehmen wir doch deine kleine Tangotänzerin mit; ein bisschen Kultur wird ihr nicht schaden."

Der Nachsatz verstimmte Kalo, doch trotzig stimmte er zu. Er wusste mit sakraler Kunst wenig anzufangen, wusste, dass Olga keinerlei Beziehung zu religiösen Themen hatte, im besten Falle Spott zur Hand, aber die Altarbilder waren wirklich umwerfend, das musste er ihr zugestehen. Allerdings fand er den jährlichen Besuch etwas übertrieben, doch hatte seine Frau erst recht darauf bestanden, als sie seinen Widerstand bemerkte. Nun machte es ihr doppelten Spaß: die Bilder anzusehen und diesen Widerstand zu brechen. Aber, so dachte Kalo, mit Eva würde es doch ein schöner Tag werden und vergaß wie öfters dabei seine Olga.

Eva war, wie ihr Tangofreund schon geahnt hatte, begeistert von der Aussicht auf einen Ausflug ins Elsass. Sie genoss den Neid ihrer Mitbewohner, denen sie tagelang von dem bevorstehenden Besuch erzählte. Sie kannte den Altar nicht, war noch nie in Colmar gewesen, noch nie im Elsass. Als Kalo den Wagen mit Olga als Beifahrerin vor dem Haus mit der Wohngemeinschaft hielt, sagte seine Frau:

„Ich warte hier im Auto, wenn es dir recht ist, mein Lieber. Ach, wir haben gar nicht daran gedacht: Hätten wir einen Kindersitz besorgen sollen?"

Kalo sah sie wortlos und drohend an, so weit er das konnte. Olga lächelte zurück, hob die rechte Hand zum Schwur und sagte:

„Ich verspreche, ganz artig und lieb zu sein – wie eine Mutter."

Ihr Mann knallte die Autotür zu und schritt zur Haustür, doch da öffnete sie sich schon und Eva stürzte ihm entgegen, umarmte und küsste ihn. Kalo tat es ihr gleich und hatte in diesem Augenblick seine Frau vergessen. Die war inzwischen ausgestiegen, tauschte mit Eva Küsschen aus, wies freundlich auf das freundliche sonnige Wetter hin, lobte die schicke Jeans Evas - „bei Real gekauft?" - und schritt dann ein, als sich die junge Frau anschickte, durch die offene Beifahrertür einzusteigen. Nein, das sei der Todessitz im Auto, sie, Eva, nehme besser auf einem der Rücksitze Platz, im übrigen müsse sie, Olga, auch auf den Fahrer Acht geben, der lasse sich so leicht von hübschen Mädchen am Straßenrand ablenken, sie solle sich schön anschnallen dahinten, man wolle sie ja heil zurückbringen in ihre Wohngemeinschaft. So weit kommt es noch, dachte

Olga, dass ich hinten im Auto sitze! Wo sind wir denn?

Eine Stunde später standen die drei vor dem Isenheimer Altar. Eva war hingerissen. Für einen Augenblick vergaß sich Olga und gab der jungen Frau sachkundige Erklärungen. Vor der Mittelstellung des Altars stehend und die Verkündigung an Maria vor Augen stutzte die Kunstführerin und sagte mit echter Überraschung in der Stimme:

„Für diese Maria hättest du, Eva, Modell gestanden haben können. Kalo, schau dir das bloß an! Eva stell dich doch mal näher mit dem Rücken vor das Altarbild, und jetzt neige den Kopf nach links, nein, von dir aus gesehen nach rechts! Das ist wirklich frappant. Meinst du nicht auch, Kalo?"

Er musste ihr zustimmen, wobei ihm zugleich in Erinnerung kam, dass Olga vor diesem Bild immer gesagt hatte, die Maria mache da ja nicht gerade einen intelligenten Eindruck, und vor allem scheine sie ziemlich indigniert zu sein von der Ankündigung des Engels, dass sie als Jungfrau ein Kind erwarte. Doch glaubte Kalo, dass seine Frau für einen Augenblick wirklich erfreut über ihre Entdeckung der tatsächlich bestehenden Ähnlichkeit der Marienfigur mit Eva sei. Die letztere war weiter gegangen, bewunderte das Engelkonzert und die Geburt Christi und stand jetzt mit weit aufgerissenen Augen und offenem Mund vor der Auferstehung.

„Was für schöne, wunderschöne Farben", stammelte sie. „Diese Sonne und dieser Christus davor."

Eva wollte sich gar nicht mehr von dem Bild trennen, Kalo war stolz über ihren Kunstverstand, und Olgas Stirnfalten waren für einen Augenblick verschwunden. Dann aber wurde sie ungeduldig, drängte zum Weitergehen und die drei standen vor der Tafel mit dem Besuch des heiligen Antonius beim heiligen Paulus.

„Schau, Eva, beim heiligen Antonius muss ich immer an Kalo denken."

„Aber der hat doch keinen langen weißen Bart."

„Nein, den hat er nicht. Aber was nicht ist, kann ja noch werden. So ein Bart würde ihm sicherlich gut stehen und ihn noch würdevoller aussehen lassen."

„Ich finde Kalo ohne Bart schöner."

Kalo schwieg, vielmehr wartete er, bis sie auf der anderen Altarseite vor der Versuchung des heiligen Antonius standen, und sagte:

„Schau, Eva, da bin ich wieder – mit Bart."

„Ach du lieber Gott! Alle diese schreckli-
chen Gestalten, diese Ungeheuer..."

„Das sind Inkarnationen meiner Frau."

„Inka... Inkar...?"

„Inkarnationen", half Olga aus. „Der liebe
Kalo zeigt sich endlich einmal geistreich. Er
meint damit...sagen wir, das sollen Masken von
mir sein."

„Masken?", brummte Kalo.

„Masken?", fragte Eva.

„Nein, keine Masken", sagte Olga. „Ich bin
wie ein Werwolf. Nachts verwandle ich mich
in solche Ungeheuer."

„Nur nachts?", brummte Kalo.

Eva sah zwischen dem Ehepaar und dem
Altarbild verwirrt hin und her. Da legte Olga
ihr mütterlich den Arm um die Schulter und
sagte, es sei jetzt Zeit für einen Kaffee. Auf
dem Weg zum nächsten Café wurde zwischen

dem Ehepaar die Frage geklärt, wo das Mittagessen eingenommen werden solle. Nicht in Colmar, sondern in der leicht in den nahen Vogesen zu erreichenden Landgaststätte St. Alexis. Kalo war skeptisch, ob es bei dem schönen Sonntagswetter im Gasthof einen freien Platz geben werde. Seine Frau beruhigte ihn. Sie habe bereits vor Tagen Plätze reservieren lassen.

Sie fuhren also in die Vogesen, stellten den Wagen ab, machten einen kleinen Waldspaziergang und speisten anschließend im St. Alexis. Olga beobachtete amüsiert ihren Ehemann, der etwas geniert neben Eva saß, die ihm ab und zu auf und unter dem Tisch die Hand drückte, schaute aber dann doch verdutzt drein, bevor sie in schallendes Gelächter ausbrach, als die junge Frau sie fragte:

„Olga, wo sind deine Männer?"

„Meine Männer?"

„Du hast doch gesagt, du tanzt mit vielen Männern."

„Ach so? Ja, ich tanze mit vielen Männern. Vor allem tanze ich mit Männern, die vieles können."

„Ich tanze mit Kalo."

„Ja, er tanzt gut. Das muss frau ihm lassen."

„Ich tanze mit Kalo."

„Kleines, du wiederholst dich."

14.

Tangoball

In der altehrwürdigen Festhalle des Zentrums für Psychiatrie in Emmendingen fand der jährliche Valentinoball des Tangoclubs statt. Olga saß zu Beginn des Einlasses für eine Stunde mit an der Kasse. Am Nachmittag hatte schon ein Team freiwilliger Helfer, darunter Kalo und das neue Vereinsmitglied Eva, den Saal für die lange Nacht der Livemilonga vorbereitet.

Später führte Kalo nach seinen Pflichttangos mit Olga immer wieder Eva aufs Parkett, tanzte aber dazwischen mit anderen Tangueras. Auch Eva war von anderen Tänzern aufgefordert worden, hatte mit ihnen getanzt, doch fühlte sie sich von ihrem Tangopartner vernachlässigt. Sie schaute Kalo missmutig an, als er nach einer Tanda zurück zu ihr kam und drehte den Kopf von ihm weg, erhob sich, pflanzte sich vor einem Tänzer auf und sagte, sie wolle mit ihm tanzen. Später, als sie mit Kalo am Tisch saß und an ihrem Apfelschorle nippte, beschwerte sie sich bei ihrem Tanzpartner.

„Aber Eva", sagte Kalo, „wir müssen doch nicht an einander kleben. Es ist doch auch für dich spannend, mit einem anderen zu tanzen. Oder?"

„Aber du bist mein Tangopartner. Meiner bist du."

„Ja, Eva, das bin ich. Aber du weißt doch: Mit den anderen tanze ich nur Brust an Brust, mit dir allein tanze ich Herz an Herz."

„Und mit Olga?"

„Auch mit Olga tanze ich nur noch Brust an Brust."

„Warum quatschst du so viel? Tanz lieber mit mir! Tanz mit mir Herz an Herz!"

„Ok, wie mit einer Tochter, die herzlich geliebt wird", betonte er und tanzte mit ihr. Es war ja auch wunderbar mit Eva zu tanzen. Man musste halt Geduld mit ihr haben, dachte er, mit ihrem unschuldigen Egoismus, und ihr geduldig beibringen, dass er eben auch nicht weniger und nicht mehr als ein Vater sein könne und würde. Er fühlte sich von Eva gebraucht, von Olga nur missbraucht. Und in der nächsten Cortina kam seine Frau schon auf ihn zu und verlangte ihr Recht, nicht ohne Eva charmant auf die vielen anderen Tangueros im Saal hinzuweisen, die gerne mit ihr tanzen würden. Aufgefordert wurde Eva auch häufig, denn Kalo hatte die Vereinsmitglieder

zur Solidarität mit dem neuen Mitglied aufgefordert.

15.

Die Aussprache

Das Ehepaar Lotke aß zu Abend. Olga redete über finanzielle Probleme des Verlags, während sie die Forelle vor ihr entgrätete, und Kalo hörte ihr schweigend zu. Nach einer Weile hatte seine Frau allerdings den Eindruck, dass er nicht wirklich zuhörte, so dass sie sich entschloss, ihn aus seiner Lethargie aufzuschrecken.

„Und was macht die kleine Eva? Warum lädst du sie nicht einmal zum Essen bei uns ein? Das würde dich doch sicherlich etwas aufmuntern. Sie kann ja allein essen, wie ich im Elsass gesehen habe."

Kalo fuhr zornig auf und hob die Hand, worauf Olga sich, von diesem ungewöhnlichen körperlichen Ausbruch ihres Mannes überrascht, auf ihrem Stuhl zurück lehnte. Doch fasste sie sich sogleich und meinte:

„Schlagen dürfen sich nur Liebende oder Boxer! Beides sind wir wohl nicht. Schlag dich mit deinem kleinen Liebling! Aber nein, die gute Eva ist kein Schlägertyp, und du mein Lieber auch nicht. Und ich selbst schlage alle schon allein mit meinen Worten. Beruhige dich, Kalo! Das alles lohnt doch nicht diesen Aufwand. Turtele ein wenig oder mehr mit deiner Kleinen! Damit können wir beide gut leben. Oder soll ich sagen: wir drei?"

Das war eine schlagende Antwort. Kalo schwitzte und wusste zunächst nicht weiter. Aber er wusste, dass das nicht das letzte Wort sein konnte. Diesmal wollte er sich nicht arrangieren. Es war ihm ernst mit Eva. Ihre Schwachheit machte ihn stark. So nahm er seinen ganzen Mut zusammen und sagte mit zitternd-starker Stimme:

„Ich kann so nicht mit dir weiter zusammen leben."

Olga zog die Augenbrauen hoch und schaute ihn spöttisch erwartungsvoll an.

„Ich meine es ernst, Olga."

„Du willst wohl andeuten, dass du es ernst mit Evalein meinst?"

„Ja, ich liebe sie wie eine Tochter."

„Lieber Gott, du liebst deine Adoptivtochter! So richtige Inzestgedanken etwa? Hätte ich dir, dem guten Kalo, gar nicht zugetraut."

„Ich weiß, dass du das nicht verstehst und natürlich in deiner zynischen Art völlig missverstehst."

„Aber natürlich, Kalo, verstehe ich dich. Sie ist ja praktisch ein Teenager, ich meine von ihrem geistigen Niveau her. Oh, jetzt wird einer wirklich zornig. Dein Kopf ist schon rot angelaufen. Pass auf deinen Blutdruck auf! Aber, Kalo, du bist nicht wirklich fähig dazu, ich meine zum richtig Bösesein. Selbst wenn ich dir im Schlafzimmer die Peitsche in die Hand drücke, ist es eigentlich ein Trauerspiel. Ich habe den Verdacht, dass du selbst in deinen Träumen kein Berserker sein kannst. Vermutlich wäre das sogar ein Alptraum für dich. Tja, da scheinen sich ja zwei Unschuldslämmer gefunden zu haben, ein Animus und eine Anima, die sich praktisch nicht unterscheiden, ich meine seelisch. Den Intellekt lassen wir mal außen vor...“

„Olga, deine Invektiven Eva gegenüber sind einfach unter deinem intellektuellen Niveau!“

„Du weist mich zu Recht zur Ordnung, Kalo. Ich bekenne mich schuldig. Wie dem auch sei, wenn man euer beider Intelligenzquotient zusammen nimmt und den Durchschnitt errechnet, ist der ja noch immer recht beachtlich. Ehrlich! Aber ich muss dir Recht geben: Mit deinem Alter könntest du wirklich ihr Vater sein. Ich wusste gar nicht, dass du auf junge Frauen stehst. Nein, nein, das war gemein von mir, ich weiß. Töchter sind ja gewöhnlich viel jünger als ihre Väter. Aber hast du bedacht, dass Eva in zwei, drei Jahrzehnten ein halbes Jahrhundert alt ist? Was machst du dann mit einer alten Mongolin?"

Kalo schoss von seinem Stuhl in die Höhe, stieß dabei den Esstisch ein Stück nach vorn, so dass Olga fast nach hinten fiel. Ihr Mann riss sich die Serviette von der Brust, schleuderte sie seiner Frau ins Gesicht und stürzte aus dem Zimmer. Olga saß erst da mit offenem Mund. Dann begann sie zu schnurren, erhob sich und folgte ihm.

16.

Frauengespräch

Olga saß in dem Café und blickte gelang-
weilt auf die kleine Tanzfläche, auf der einige
Paare glaubten, Tango Argentino zu tanzen.
Es war früher Abend, und weil Kalo in Stuttgart den 80. Geburtstag einer Tante mitfeierte,
ein Fest, an dem teilzunehmen Olga sich ge-
weigert hatte, war sie hierher gekommen. Ein
Reinfall angesichts der mangelnden potenziel-
len Tanzpartner. Gehen oder nicht gehen? Aus
Langeweile griff sie in ihre Handtasche, wo das
auf stumm geschaltete Handy steckte. Sie entdeckte eine SMS Melanies, einer alten Schul-
freundin. In diesem Moment stellte sich einer
der hoffnungslosen Tänzer vor Olga und forderte sie zum Tanzen auf, doch sie hob das

Handy hoch und sagte, es sei ein Notruf, erhob sich und ging in den Vorraum, wo die Tangomusik im Hintergrund leise rauschte, und rief ihre Freundin an. Die fragte, ob sie sich treffen könnten, da sie den Rat einer erfahrenen Frau brauche, ohne allerdings näher zu erklären, welche Erfahrungen diese Frau auszeichnen sollten. Olga sagte zu, ließ sich zum Abendessen in ein schnuckeliges Restaurant einladen, wo man sich in einer Stunde treffen würde.

Nach herzlichen Umarmungen und Küssen, nach dem Bestellen des Essens und eines Glases Gutedels, sagte Olga zu der ihr gegenüber sitzenden Freundin:

„Du siehst etwas abgezehrt aus, liebe Melanie."

„Ich weiß, ich weiß. Schrecklich sehe ich aus, du dagegen wie das blühende Leben."

„Das ist leicht übertrieben", antwortete Olga. „Aber zurück zu dir. Wie ich dich kenne, Melanie, kann es sich nur um einen Mann handeln."

„Zwei Männer."

„Und wo könnte da das Problem stecken?"

„Olga, du bist eine alte, entschuldige, eine ewige Zynikerin. Ich stehe zwischen zwei Männern: meinem Mann Ernst und Fabian."

„Ein schöner Name. Fabian. Vom Namen her betrachtet kann ich nur empfehlen: Halte dich an Fabian! Klingt einfach besser."

„Olga, Olga!"

„Schon gut. War nur ein Scherz. Also beginnen wir beim Altbekannten, bei deinem Mann."

„Ich will nichts Schlechtes über Ernst sagen, aber...", sagte Melanie, unterbrach jedoch, denn Olga hielt sich prustend die Serviette vor den Mund, offenbar um nicht lauthals heraus zu lachen. Als sie sich etwas beruhigt hatte, meinte sie:

„Entschuldige, Melanie, aber das ist ein Klassiker. Nichts Schlechtes, betonst du, und setzt gleichzeitig zu einem großen Aber an. Also: aber?"

Die Freundin, zunächst leicht pikiert, klagte dann fast eine halbe Stunde lang über die Sturheit ihres Mannes, seinen Sarkasmus, seine ständigen Kritteleien, seine emotionale Kälte, dass er kein körperliches Interesse an ihr mehr zeige, sie nicht mehr begehre, auch sonst keinerlei Initiativen zeige, gemeinsam mit ihr etwas zu unternehmen. Aber für ihn sei die Welt in Ordnung, für ihn könne alles so weiter gehen, wenn er sich nur ungestört seiner Sammlung widmen könne.

„Was sammelt er noch einmal, Melanie?"

„Briefmarken."

„Briefmarken! Wenn es wenigstens Schmetterlinge wären!"

„Wäre das so viel anders?"

„Na, die müsste er mit Nadeln aufspießen. Wenigstens eine kleine sadistische Regung, die vielleicht aufgepäppelt werden könnte. Aber Briefmarken! Ein hoffnungsloser Fall, fürchte ich."

„Aber nein, Olga, es war in all diesen Ehejahren nicht alles schlecht. Es gab auch schöne Augenblicke."

„Sicherlich, meine Liebe, sicherlich."

„Ja. Ich will nicht einfach aufgeben. Vielleicht ist die Ehe ja noch zu retten, wenn wir uns gemeinsam bemühen."

„Liebe Melanie, du hast die letzte halbe Stunde berichtet, dass er sich nicht bemüht. Es hieß da immer nur 'er' und 'ich'. Nicht ein einziges 'wir' habe ich vernommen. Nichts Gemeinsames, außer dass ihr so viele Jahre nebeneinander haust. Und du willst diese Ehe retten? Eine Ehe ist doch nur so viel wert wie die zwei Menschen, die sie schließen. Was willst du an dem Abstraktum Ehe retten, wo es für dich nicht mal ein Sakrament ist. Warum willst du an dieser bürgerlichen Rechtsform festhalten? Es gibt keine Kinder, du hast einen guten Job, bist unabhängig von Ernst. Selbst wenn er, von dir vor die Wahl gestellt, vorübergehend ein wenig Bemühen vorspielt, nur um die alten Gewohnheiten nicht vermissen zu müssen, selbst wenn er dann gelegentlich einen Finger rührt, von einem Schwanz ganz zu schweigen..."

„Olga, du bist ein brutales Biest! Was soll ich denn sonst machen?"

„Wirf deinen Mann raus!"

„Aber es ist seine Wohnung."

„Na und? Du hast sie jahrelang in Ordnung gehalten. Seine Briefmarken kann er auch wo anders sortieren."

„Wenn das mit dem Rauswerfen so einfach wäre."

„Wer sagt denn, dass das Leben einfach ist? Setze ihm zu, oder appelliere an ihn als Gentleman! Jeder Mann hat seine schwache Stelle. Zeig, dass du dem Leben gewachsen bist! Du stehst doch im Berufsleben auch deinen...deine Frau."

„Ich weiß nicht. Was macht eigentlich deine Ehe? Ich meine eure?"

„Oh, im Grunde ähnelt Kalo deinem Ernst."

„Wie? Sammelt er auch Briefmarken?"

Olga lachte auf und sagte:

„Nein, so schlimm ist es dann doch nicht. Er tanzt Tango, das heißt: Wir tanzen Tango. Immer wieder gemeinsam."

„Und der Sex?"

„Nun ja, da braucht er schon Nachhilfeunterricht. Ich muss ihn dazu ermuntern, aber ich lasse nicht zu, dass er nicht munter mitmacht, wenn ich dazu aufgelegt bin. Aber es gibt ja nicht nur einen Mann auf der Welt..."

„Ernst ist ein hoffnungsloser Fall, glaube ich", seufzte Melanie.

„Vielleicht, meine Liebe, bist du nur ein hoffnungsloser Fall - wenn du so weiter machst. Dein Fehler ist, dass du dich ständig als Opfer fühlst. Übernimm Verantwortung für dein Leben, ob mit oder ohne diesen Mann! Nach allem, was du erzählt hast, besser ohne ihn. Aber erzähl mir doch von diesem Fabian! Das kann nach allem nur interessanter sein als dieser Ernst der Sache", sagte Olga, rückte ihren Stuhl an die Seite der Freundin, bestellte ein zweites Glas Wein für sie beide und war ganz Ohr.

Als sie sich später vor dem Restaurant auf Wiedersehen sagten, fragte Olga ihre Freundin, was sie denn nun machen wolle, worauf Melanie die Antwort gab, sie werde es noch einmal mit ihrem Mann versuchen. Olga sah ihr in die Augen, küsste sie zum Abschied und sagte:

„Sehr vernünftig, aber dumm."

17.

Geburtstagsparty und Baggersee

Zu Olgas 50. Geburtstag Mitte Juli fand im Haus und im Garten eine große Geburtstagsparty statt, bei der die Jubilarin den halben Tangoverein eingeladen hatte. Jeder und jede der Anwesenden betonte natürlich, dass man mit der Feier ihres 40. Geburtstags gerechnet habe. Olga ließ sich die Schmeicheleien gefallen und meinte, dass man sie wohl nach der Geburt mit einem jüngeren Kind vertauscht habe. Auf jeden Fall wurde ausgiebig gefeiert, das von einem Feinkostgeschäft gelieferte Buffet geleert und in Wohnzimmer und Flur Tango getanzt. Olga bedauerte nur, dass es einfach zu viele Gäste waren, um sich mit jedem zu paaren, aber einzelne bevorzugen und damit die anderen vor den Kopf zu stoßen an ihrem Geburtstag, wollte sie auch nicht. Zum Stoßen musste dann eben Kalo herhalten, nachdem am frühen Morgen die letzten Gäste das Haus verlassen hatten.

Wenige Stunden später wurde Olga durch Geräusche im Haus geweckt. Sie zog sich den Morgenmantel über und traf die Haushilfe Marina beim Aufräumen und Saubermachen an.

„Ciao, Marina. Sie habe ich ganz vergessen. Dabei habe ich Sie ja extra zu dem Sonntagseinsatz engagiert. Und wer ist dieser kleine Mann da?"

„Ciao, signora Olga, auguri, auguri zum Geburtstag! Das ist Mario, mein Enkelkind. Sie wissen doch, von dem erzähle ich doch ständig. Und ich habe Ihnen auch vorgestern erzählt, dass seine Mutter im Krankenhaus liegt, und..."

„Schon gut, Marina! Ciao, Mario. Wie alt ist er noch mal? Drei Jahre, nein zweieinhalb Jahre, richtig? Eine Hilfe können sie bei diesem Chaos ja auch brauchen. Allerdings muss ich mich nochmals für zwei Stunden oder so hinlegen, denn es ging bis in den frühen Morgen. Mein Mann ist natürlich auch noch nicht einsatzfähig. Der ist kaputter als ich. Bis später also. Und bedienen Sie sich Marina, Sie beide, wenn sie Hunger bekommen! Es ist noch genug vom Buffet da. Bis später dann. Ciao, Kleiner."

Gegen Mittag standen dann Herr und Frau Klotke auf, duschten heiß und kalt, um richtig wach zu werden, und fanden die gröbste Hausarbeit von Marina und Mario erledigt.

Die beiden wurden dann auch von dem Ehepaar in höchsten Tönen gelobt.

„Jetzt machen wir erst einmal zusammen einen Brunch, wir vier, und stärken uns. Und dann wird gemeinsam klar Schiff gemacht", sagte Olga und bat Kalo, den Sonnenschirm auf der Gartenterrasse aufzuspannen.

Während die Erwachsenennoch am Gartentisch saßen, sprang Mario schon vergnügt im Garten herum. Seine Großmutter zog ihn aus, und der Kleine plantschte nackt in einem knöcheltief mit Wasser gefülltem Bottich herum. Dann machte er auf einem Handtuch im Schatten seinen Mittagsschlaf, während sich Marina, Olga und Kalo daran schickten, alles wieder auf Vordermann zu bringen. Am Nachmittag war es so weit, und die Aufräumarbeit endete mit Kaffee und Kuchen. Mario war inzwischen wieder auf den Beinen, vielmehr saß er auf dem Handtuch und spielte.

„Ma, Mario, che fai? Tutta questa cacca! Mama mia, che porcellino che sei!"

Auf diese Jammerrufe hin schauten sich Olga und Kalo die Bescherung an. Da saß nun der Kleine in seinem Scheißhaufen und spielte mit der braunen Knetmasse. Da das Ehepaar Klotke in Lachen ausbrach, lachte auch Marina mit und beseitigte die Sauerei.

„Wie sagt schon Freud?", meinte Olga. „Diese multipel perversen Kleinkinder."

„In Wahrheit spricht er von polymorph perversen Anlagen", korrigierte sie ihr Mann.

„Ja, Kalo, aber da hat sich der Professor dann doch vertan. Wie können Kleinkinder pervers sein? Multipel pervers, das bin vielleicht ich."

„Vielleicht?"

„Ah, mein geistreicher Ehegatte! Nun, vermutlich hätte mich Professor Freud so eingestuft. Aber Mario? Nein, der ist nicht polymorph pervers, der Kleine hat polymorph sinnliche Anlagen. So in der warmen Scheiße zu sitzen, ist doch das reinste Fangoerlebnis!"

Die Julisonne brütete über ihnen, als Marina und Mario sich verabschiedeten. Olga bot sich erst an, die beiden nach Hause zu fahren, doch dann schlug sie vor:

„Marina, Sie waren so tüchtig, und natürlich auch ihr kleiner Mann hier, und es ist so heiß, und wir alle schwitzen so. Wisst ihr was? Wir fahren zum Baggersee rüber und stürzen uns in die Fluten! Wie, sie können nicht schwimmen, Marina? Das macht nichts. Aber mit den Beinen ins Wasser können Sie. Und Mario plantscht, und wir schwimmen, ich und Kalo."

Ihr Mann lehnte das Angebot ab. Er fühle sich völlig zerschlagen und werde lieber hier im Schatten ein Nickerchen machen. Olga konnte es sich nicht verkneifen zu sagen, er solle aber nicht sein Handtuch beschmutzen. Dann fuhren die beiden Frauen und Mario zum See, in dem sich schon halb Freiburg tummelte. Olga hatte neben Badehandtüchern auch eine Luftmatratze ins Auto geladen, die aufgepumpt wurde. Dann sprang Olga ins Wasser und kraulte hinaus, während Marina, die sich nur die Beine gekühlt hatte, am Ufer saß und auf den dort am Wasserrand spielenden Mario aufpasste. Olga kam zurück geschwommen, schüttelte sich am Ufer das Wasser vom Leib und besorgte drei Tüten Eis. Später zog sie die Luftmatratze aufs Wasser und setzte Mario darauf, der Kapitän spielen durfte. Dann schwamm sie nochmals zur

Seemitte, nachdem sie die Matratze mit dem Jungen ans Ufer geschoben und Marina ermahnt hatte, auf Mario aufzupassen. Als sie nach einer Viertelstunde ans Ufer zurückschwamm, sah sie, wie Marina ihr aufgeregt zuwinkte. Auf Rufnähe herangekommen verstand sie, was Marina verzweifelt schreiend ihr mitteilte: Die Matratze war mit dem Jungen vom Wind abgetrieben worden. Olga sah sich um und entdeckte in einiger Entfernung die Luftmatratze mit dem Kleinen darauf. So schnell sie konnte, kraulte sie zu ihm. Sie rief Mario bei seinem Namen, der erkannte die Heranschwimmende und wollte ihr offenbar entgegen plantschen. Fast wäre ein Unglück passiert, doch konnte Olga ihn gerade noch beim Schopf packen und auf die Matratze zurück setzen. Marina, die am Ufer entlang gelaufen war, hatte alles beobachtet. Als alle an

Land vereint waren, brach die Großmutter erneut in Tränen aus und sagte, ihr sei fast das Herz stehen geblieben, als Mario ins Wasser gesprungen sei. Sie herzte Mario, sie herzte Olga. Und am nächsten Tag, als sie am späten Nachmittag den von der Arbeit zurück kehrenden Kalo sah, erzählte sie erneut mit Tränen in den Augen von dem Vorfall und der Heldin, die seine Frau sei.

Später am Abend sagte Kalo zu seiner Frau, eigentlich müsse man der „Badischen Zeitung" Bescheid geben, damit die darüber berichte, wie eine Freiburgerin an ihrem 50. Geburtstag ein kleines Immigrantenkind vor dem Ertrinken gerettet habe. Endlich einmal eine schöne Geschichte. Sollte man da nicht das Vereinsmitglied Franz informieren, der BZ-Mitarbeiter sei, fragte er.

„Eine tolle Idee, lieber Kalo. Er soll dann auch noch schreiben, dass diese verrückte Frau ihr Leben auch für einen ertrinkenden Welpen aufs Spiel gesetzt hätte."

„Für einen kleinen Hund?"

„Tja, für unschuldige Kinder und Hunde tue ich alles."

18.

Evas Traum

Eva kuschelte sich an jenem Abend in ihr Bett, umarmte innig ihr Kopfkissen, presste es zärtlich an sich und schlief ein:

Am nächsten Tag ging sie nach der Arbeit zu der zuständigen Mitarbeiterin der WG-Trägergesellschaft. Sie beschwerte sich über Oskar. Ich sage ihm immer: Nein, ich will nicht! Der belästigt mich aber weiter. Der ist doch schon mal abgemahnt worden. Ich will nicht petzen. Aber meine beiden Mitbewohnerinnen, die sind nicht so selbständig wie ich selbst. Die beiden können sich nicht so wehren. Das darf doch nicht so weiter gehen. Oskar darf nicht weiter die WG betreuen. Der muss einfach weg. Ich kenne da jemand. Der heißt Kalo. Sein richtiger Name ist Karl. Der ist Akademier oder so. Der kann zum mir einziehen und die WG betreuen. Der Kalo rührt die anderen Frauen nicht an, weil der ist ein ganz lieber Mann. Ich kümmere mich dann mit ihm um die anderen Mitbewohner. Oder vielleicht ziehe ich doch lieber zu ihm. Der Kalo tanzt wunderbar Tango Argentino mit mir. Das bringen wir dann den anderen auch bei. Zu Kalo brauche ich nicht zu sagen: „Ich will nicht!" Nämlich wir...

19.

Kalos Traum

Kalo fand an jenem Abend keinen Schlaf, wälzte sich unruhig allein im Ehebett von einer Seite zur anderen, legte sich zuletzt auf den Rücken, verschränkte die Arme unter dem Kopf und starrte in der Dunkelheit zur Schlafzimmerdecke:

Am nächsten Tag, einem Sonntag, besuchte er die Wohngemeinschaft, wohin ihn Eva zum Mittagessen eingeladen hatte. Obwohl er inzwischen schon öfter dort zu Gast gewesen war, waren ihm die sechs weiteren behinderten Bewohner einfach zu viel. Im Gegensatz zu Eva, die lernbehindert war, waren die anderen geistig behindert. Ja, sie waren lieb und nett. Betreuer Oskar war ihm von vornherein unsympathisch gewesen, und daran hatte sich nichts geändert. Allerdings, musste er sich eingestehen, dass er durch die Erzählungen Evas voreingenommen war. Denn ihm schien, dass der Betreuer von den anderen zwei Frauen und vier Männern gut angenommen werde. Die naive Träumerei Evas, dass er, Kalo, hier die Stelle des Betreuers übernehmen solle, schien ihm ein rührender Scherz zu sein. Im Übrigen hatte er einen gut bezahlten Job im Verlag. Und das Essen in der WG war ihm einfach zu gesund. Nein, Eva, würde zu ihm in das elterliche Haus ziehen, sozusagen als seine Ziehtochter. Er war dort aufgewachsen und wollte dort weiter leben. Eva könnte doch die Einliegerwohnung haben. Oder doch lieber mit ihm die große Wohnung teilen? Mit Olga würde er sich schon einigen. Bis auf unkonzentriertes Tangotanzen duldete sie doch alles.

Und gegen Eva hatte sie außer ein paar spöttischen Bemerkungen nichts einzuwenden, hatte ihm sogar zu seiner kleinen Freundin gratuliert. Natürlich klang bei Olga immer Ironie und Sarkasmus mit, aber hatte sie nicht genügend Freunde, die er, Kalo, still geduldet hatte und duldete. Sie waren doch ein modernes Ehepaar. Aber darum ging es ja gar nicht. Kinder hatten sie nicht, wobei Kalo dachte, dass Olga sagen würde, jetzt sei ja endlich ein Kind im Haus, wie er sich das immer gewünscht habe. Ja, er hätte es sich denken können, dass Olga nicht begeistert sein würde von seinem Vorschlag, er wolle Eva die Einliegerwohnung geben. Dabei hätte sie ja ihr Arbeitszimmer unten behalten können. Da lachte sie nur schallend. Das war vielleicht zu viel verlangt von Olga, die eben eine anspruchsvolle Frau war. Mein Lieber, sagte sie, du solltest mich besser kennen. Ich brauche die Wohnung unten. Wo sollten wir sonst künftig unsere Gäste unterbringen? Im Wohnzimmer? Oder willst du im Wohnzimmer schlafen? Kalo seufzte innerlich, es war ja doch sein Haus, doch sah ihn Olga spöttisch herausfordernd an und schwieg. Sie wollte von ihm die Alternative hören, wie er wusste. Er sollte sich selbst weh tun. So schlug er also vor, dass sie oben bleibe, obwohl das für eine Person sehr viel Wohnraum sei, und er und Eva würden sich die Einliegerwohnung teilen. Ich werde mir das durch den Kopf gehen lassen, sagte Olga mit einer von Ironie triefenden Stimme. Wenn man bedenkt, dass deine kleine Freundin aus einem kleinen WG-Zimmer in eine Dreizimmerwohnung ziehen könnte – samt väterlicher Betreuung! Mit Gartenbenutzung! Er hatte bei diesen Worten einen etwas bitteren Geschmack im Mund, doch was war das angesichts der Zukunftsaussichten. Eva käme aus der Wohngemeinschaft heraus, er könnte ihr helfen, sie fördern, wie eben ein Vater seiner Tochter hilft. Irgendwann würde es in freundschaftlicher Atmosphäre im Hause mit Olga gelegentlich gemeinsame Früh- oder Spätstücke zu dritt geben...

20.

Olgas Traum

Olga lag an jenem Abend auf einem zerwühlten Hotelzimmerbett, sog an einem Zigarillo, stieß den Rauch gegen die Decke und guckte, ohne wirklich hinzuschauen, in Richtung Fernseher, der bei ausgeblendetem Ton angeschaltet war. Sie war mit ihrem Geschäftspartner, der sie am Abend netterweise auf dem Flughafen von Bratislava abgeholt und in das Hotel gebracht hatte, nach einem gemeinsamen Drink aus der Zimmerbar ins Bett gestiegen, worauf sie den Einfaltspinsel aus ihrem Hotelzimmer gejagt hatte. Jetzt also lag sie auf dem Bett und blickte durch die TV-Mattscheibe und den Film hindurch. Endlich drückte sie den Zigarillostummel in dem

Aschenbecher auf dem Nachttisch aus, löschte das Licht, doch lief im Fernsehen weiter stumm der Film „Das Schweigen der Lämmer":

Am nächsten Morgen machte sie nackt, wie sie eingeschlafen war, ihre tägliches zehnminütiges Po-und-Bauch-Training, duschte, zog sich an, öffnete die Hotelzimmertür für das nach oben gebrachte Frühstück, das sie während des Schminkens zu sich nahm, strich sich vor dem Spiegel eine Falte aus dem dunkelblauen Kostümrock, packte ihren kleinen Koffer und checkte aus. Ein Taxi brachte sie zu der Großdruckerei, wo sie ihr breit lächelnder Geschäftspartner in der Chefetage begrüßte, jedoch mit jeder Minute an Größe verlor und zuletzt zähneknirschend einen Vertrag unterschrieb, den ihm Olga aufs Auge drückte. Darauf ließ sie sich vom Fahrer des Chefs zum

Flughafen bringen. Schon während dieser Fahrt, dann später in der Lounge und danach im Flugzeug widmete sich Olga gedanklich ihrem Privatleben. In Basel holte sie am Nachmittag wie verabredet ihr Mann vom Flughafen ab. Nach einem flüchtigen Begrüßungskuss und einer Minute Smalltalk fuhr Kalo sie Richtung Freiburg. Olga zündete sich ein Zigarillo an, wohl wissend, dass ihr Mann es hasste, wenn sie im Auto rauchte, und diktierte ihre Bedingungen. Lieber Kalo, du willst dich also von mir trennen?, sagte sie und hörte sich darauf nochmals seine Vision, wie er es nannte mit gekräuselten Lippen an. Lieber Kalo, sagte sie dann, von mir trennt man sich nicht, wenn denn schon, trenne ich mich von jemandem oder ich lasse mich von ihm scheiden. Deine sentimentale Idee von einer ménage à trois in dem Haus ist einfach lächerlich.

Ich weiß, ich weiß, das ist gemein ausgedrückt, aber kennst du mich anders als gemein? Wie kannst du nur so einen sentimentalen Stuss zusammen träumen? Vielmehr, ich bin gar nicht überrascht davon, ich kenne dich ja inzwischen gut genug. Nein, mein Lieber, so geht das natürlich nicht, was du eigentlich von vornherein hättest wissen müssen, da du mich ja auch gut genug kennen solltest. Nein, nein, du brauchst dich nicht zu verteidigen. Dir müsste doch klar sein, dass deine süße kleine Mongoloide...ja, ja, ich weiß, aber warum mit „down" ein englisches Wort benutzen, was an der Sache nichts ändert? Als Zimmermädchen oder Putzhilfe, o.k., aber als Kebsweib? ?Entschuldige! Ich wollte natürlich sagen: Kebstochter. Ich will deinem Glück mit der Kleinen ja gar nicht im Weg stehen, – und hier hielt Olga eine kleine Ewigkeit inne, paffte still vor sich hin, stieß den Rauch in Richtung Ehemann und fuhr dann fort – eine Scheidung kannst du haben, aber kein Zusammenleben in meinem Haus. Ein Behinderter dort reicht. Kalo zuckte zusammen, fuhr rechts ran und betonte aufgebracht, dass es das Haus seiner Eltern sei, seiner, nicht ihrer. Das weiß ich, mein Lieber, fahr ruhig weiter, das weiß ich, dass du das Haus geerbt und in unsere Ehe gebracht hast. Aber wer war es wohl, der aus dem alten Kasten ein wohnliches Haus gemacht hat? Ja, ja, auch du hast Geld für die Sanierung reingesteckt, aber es ist mein Haus geworden. Wenn du die Scheidung willst und mit der Kleinen weiter träumen willst, kannst du das haben, aber irgendwo anders. Eine kleine Wohnung für das traute Pärchen wird sich sicher finden. Du verdienst ja nicht schlecht, selbst sie hat eine Arbeit. Oder zieh zu ihr in die Behinderten-WG! Nein, nein, das war nicht böse gemeint. Du kennst mich doch. Du darfst meine Worte doch nicht auf die Waagschale werfen. Du bist der Lektor, ich nur die Betriebswirtin. Wie? Einen Rechtsanwalt? Kannst du gerne konsultieren. Aber du müsstest eigentlich wissen, dass ich noch nie ein Geschäft in den Sand gesetzt habe. Meine Rechtsanwälte sind immer besser als die der anderen. Versuch erst gar nicht, den Kämpfer zu spielen. Du bist der Verlierertyp. Lang genug habe ich dafür gesorgt, dass du nichts verloren hast, so lange du eben an meiner Seite warst. Jetzt willst du dich trennen. O.k., aber zu meinen Bedingungen. Natürlich kannst du aus dem Haus alles mitnehmen, was noch an deine Eltern erinnert. Ja, von dem alten Zeug ist nicht mehr viel übrig. Weil ich das meiste rausgeworfen habe? Wir, mein Lieber, wir.

Oder habe ich je gegen dein Veto etwas aus dem Haus entfernt? Wie? Du hast nie ein Veto eingelegt? Aber ist das nun meine oder deine Schuld? Also, überlegt es dir, mein Lieber. Oder ist dir die liebe Kleine und euer gemeinsames großes Glück nicht einmal ein Haus wert? Seit wann bist du so materialistisch eingestellt? Ob das alles sei? Ich höre deinen Sarkasmus. Ja, ich verzichte auf Unterhaltszahlungen, vielmehr, wir verzichten gegenseitig darauf. Ja, richtig, mein Gehalt ist fast doppelt so hoch wie dein Gehalt. Aber ist das meine Schuld? Und strebst du nicht mit der Kleinen ein kleines gemeinsames bescheidenes Glück an? Überlege es dir also, von mir aus mit einem Anwalt. Wie wäre es mit Siegfried? Er ist zwar ein miserabler Tangotänzer, aber ein Vereinsmitglied, das dir sicher auch eine Erstberatung gratis gibt. Nein, mit dem habe ich nie geschlafen, dafür tanzt er mir einfach zu schlecht. Vielleicht versteht er ja sein Anwaltsgeschäft besser. Ich würde dir nie absichtlich zu einem schlechten Anwalt raten. Da wäre das Spiel nicht riskant genug, zu langweilig für mich. Übrigens, hast du inzwischen erfahren, ob es mit dem Gastauftritt dieses argentinischen Tango-Duos klappt? Mit dem Duo klappte es, der Auftritt fand großen Beifall, auch bei Olga, die dem Duo Gast- und Bettfreundschaft in ihrem Haus bot. Sie hauste, von kürzeren oder längeren Besuchen abgesehen, jetzt allein in der großen Wohnung. Die Anliegerwohnung hatte sie an die Haushälterin Marina vermietet. Und doch, nachdem alles zu Olgas Zufriedenheit gelaufen war und lief, konnte sie es nicht vermeiden, an das Glück von Kalo und Eva zu denken, wenn es denn ein Glück war, versuchte sie einzuschränken, ohne richtig an dem Glück zu zweifeln. Da alle drei Tango tanzten, lief man sich immer wieder über den Weg, und sie begegnete Vater und Tochter als glückliche Kleinfamilie. Im Grunde, dachte sie, war es eine Unverschämtheit, dass er sie wegen dieser unbedarften Kleinen verlassen hatte. Sie sorgte dafür, dass aus Firmengründen seine Lektorenstelle leider gestrichen werden musste. Eines Tages besuchte sie die kleine Wohnung der beiden, sie hatte die Gelegenheit der Abwesenheit Kalos abgepasst, und Eva hatte sie wie eine alte liebe Freundin behandelt. Das war zum Kotzen, dass sie nicht anders konnte, als auf die dumme Kleine einzudreschen, wobei diese unglücklicherweise stürzte und sich an einer Tischkante den Schädel einschlug. Oder war es so, dass sie die Wohnung aufsuchte, wohl wissend, das Kalo bald heimkehren würde, Eva den Schädel einschlug mit einer von Kalos Hanteln, auf der die Polizei seine Fingerabdrücke fand, denn sie, Olga, hatte Handschuhe getragen? Der arme Kerl musste dann tatsächlich wegen Totschlags ins Gefängnis, aber sie würde ihn dortgelegentlich besuchen, versprochen, sie war ja kein Unmensch. Ja, sie würden ihn besuchen, diesen Mongo...

21.

Geburtstagsbrunch

Doch vor der Verwirklichung dieser Träume stand Kalos 55. Geburtstag an, ein Monat nach der Geburtstagsjubiläumsparty Olgas. Da diese meinte, auch eine Schnappszahl wie 55 müsse gebührend gefeiert werden, setzte sie sich stillschweigend über den Wunsch ihres Mannes hinweg, seinen Geburtstag im engsten Kreise ohne großes Aufheben zu begehen, wobei er offenließ, ob es sich dabei um eine Zweierrunde oder einer Dreierrunde handeln solle.

Olga hatte ihren eigenen Kopf, hatte alles im Griff und organisierte unter der Hand einen Brunch, da Kalos Geburtstag auf einen Sonntag fiel. Mit dem Tangoclub-Vorstand wurde ohne Wissen Kalos alles ins Werk gesetzt.

Bei einer Milonga am Vorabend, fing es nach Mitternacht mit dem obligaten Geburtstagsvals an, um den sich Kalo natürlich nicht drücken konnte. Die Bekanntgabe durch den Tangoclub-Vorsitzenden wurde lebhaft beklatscht; Olga tanzte mit dem jetzt also 55-Jährigen die ersten Takte, wobei Eva das Paar gleich tänzelnd umlauerte, um zu ihrem Recht zu kommen, doch auch sie wurde bald abgeklatscht von der nächsten Tanguera, der ein halbes Dutzend weitere folgten. Als das Ehepaar am frühen Morgen nach Hause kam, ließ Olga ihren erschöpften Kalo unberührt in selige Träume gleiten. Ihr Geburtstagsgeschenk.

Das Ehepaar schlief bis in den späten Vormittag hinein und wurde durch anhaltendes Klingeln an der Haustür geweckt. Olga flüsterte dem müden Ehemann zu, er solle ruhig noch liegen bleiben, sie werde sich darum kümmern, was denn da los sei. Sie schlüpfte in ihren Morgenmantel, schloss rücksichtsvoll sanft die Schlafzimmertür hinter sich und öffnete die Haustür. Da standen die Mitarbeiter und Mitarbeiterinnen der Feinkostcateringfirma mit vollen Händen. Gott sei Dank kam gerade auch Marina, die sich um alles Weitere kümmerte, so dass Olga unter die Dusche steigen konnte und sich anschließend für die Geburtstagsgesellschaft heraus putzte, um sich dann schon den ersten Gästen widmen zu können, die mit großem Hallo grüßten und nach dem Geburtstagskind fragten. Sie wurden vertröstet. Der Arme sei spät ins Bett gekommen, doch werde er bald auftauchen. Olga hatte den halben Tangoverein eingeladen, einige Freunde und Kollegen ihres Mannes, selbst die alte Tante wurde aus Stuttgart von einem Vetter Kalos eingefahren.

Kalo hatte sich zunächst das Kopfkissen links und rechts auf die Ohren gepresst, konnte aber bei dem anschwellenden Lärm im Haus und um das Haus herum nicht weiter schlafen, stand endlich gähnend auf und trat im Pyjama aus dem Schlafzimmer, wo er sofort über Gäste stolperte, die ihn freudig begrüßten und abküssten. Sprachlos trat er den Rückzug ins Schlafzimmer an, wollte sich erst dort verbarrikadieren, entschloss sich dann aber widerwillig, seine gutbürgerliche Erziehung verfluchend, gute Miene zum bösen Spiel zu machen, duschte und rasierte sich, zog sich an und trat ins Wohnzimmer. Er wurde herum gereicht, herum geküsst, herum beschenkt. Zuletzt überreichte ihm Olga, die ihm engelsgleich zulächelte ein paar neue Tangoschuhe, von den Gästen begeistert beklatscht, während Kalo verzweifelt versuchte, ein Lächeln anzudeuten, denn die Schuhe waren bunt gescheckt, wobei seine Frau doch genau wusste, dass er nur schlichte schwarze mochte. Zähneknirschend musste er auf Drängen der Gäste das neue Paar anziehen. Der große Tisch und die Stühle wurden zur Seite geräumt, Tangomusik erklang aus dem CD-Player und Olga drückte sich an Kalos Brust.

Er tanzte mit ihr, doch beging er bewusst das Sakrileg, dabei zu sprechen, flüsterte seiner Frau zu, dass er sich doch alles ganz anders gewünscht habe an seinem Geburtstag. Olga schmachtete ihn an, so interpretierten es zumindest die begeisterten Gäste, und flüsterte zurück:

„Was willst du, Kalo? Deine Eva hat sich doch ein Fest für dich gewünscht. Wie konnte ich da widersprechen? Wo es nur bleibt, das Kleine? Ein Clubmitglied wollte Evalein abholen und herbringen. Gestern hatte ich übrigens noch eine grandiose Idee, die sich dann leider auf die Schnelle nicht realisieren ließ: Eine riesige Geburtstagstorte sollte herein gefahren werden. Und aus ihr wäre dann vor dir wie Aphrodite aus dem Meerschaum Evalein gestiegen. Was hättest du dazu gesagt, mein Lieber?"

Ende

Malena Tango

Inh. Angelika Massler

Exklusive Tangoschuhe

Infos und Termine unter:
www.malenatango.de
info@malenatango.de

Find us on
Facebook

Tangoschule
Tango Cariño
Inhaberin: Maria Wairich
www.tango-carinio.de
maria@tango-carinio.de